QUANDO CAI O RAIO

OBRAS DA AUTORA PUBLICADAS PELA RECORD

Avalon High
Avalon High – A coroação: A profecia de Merlin
Cabeça de vento
Como ser popular
Ela foi até o fim
A garota americana
Quase pronta
O garoto da casa ao lado
Garoto encontra garota
Ídolo teen
Pegando fogo!
A rainha da fofoca
A rainha da fofoca em Nova York
Sorte ou azar?
Tamanho 42 não é gorda
Tamanho 44 também não é gorda
Todo garoto tem

Série O Diário da Princesa
O diário da princesa
Princesa sob os refletores
Princesa apaixonada
Princesa à espera
Princesa de rosa-shocking
Princesa em treinamento
Princesa na balada
Princesa no limite
Princesa Mia
Princesa para sempre

Lições de princesa
O presente da princesa

Série A Mediadora
A terra das sombras
O arcano nove
Reunião
A hora mais sombria
Assombrado
Crepúsculo

Série As leis de Allie Finkle para meninas
Dia da mudança
A garota nova

Série Desaparecidos
Quando cai o raio

MEG CABOT

QUANDO CAI O RAIO

Tradução de
REGIANE WINARSKI

galera
RECORD

Rio de Janeiro | 2011

CIP-BRASIL. CATALOGAÇÃO-NA-FONTE
SINDICATO NACIONAL DOS EDITORES DE LIVROS, RJ

Cabot, Meg, 1967
C116q   Quando cai o raio / Meg Cabot; tradução de Regiane Winarski.
– Rio de Janeiro: Galera Record, 2011.
(Desaparecidos; 1)

Tradução de: When lightning strikes
ISBN 978-85-01-08817-8

1. Adolescentes (Meninas) – Ficção. 2. Aptidão psíquica – Ficção.
3. Crianças desaparecidas – Ficção. 4. Ficção juvenil americana.
I. Winarski, Regiane. II. Título. III. Série.

10-4438   CDD: 813
                          CDU: 821.111(73)-3

Título original norte-americano:
When Lightning Strikes

Copyright © 2001 by Meg Cabot

Publicado mediante acordo com Simon Pulse, um selo de Simon & Schuster Children's Publishing Division.

Todos os direitos reservados.
Proibida a reprodução, no todo ou
em parte, através de quaisquer meios.

Texto revisado segundo o novo Acordo Ortográfico da Língua Portuguesa.

Direitos exclusivos de publicação em língua portuguesa somente para o Brasil adquiridos pela
EDITORA RECORD LTDA.
Rua Argentina 171 – Rio de Janeiro, RJ – 20921-380 – Tel.: 2585-2000
que se reserva a propriedade literária desta tradução

Impresso no Brasil

ISBN 978-85-01-08817-8

Seja um leitor preferencial Record.
Cadastre-se e receba informações sobre nossos   EDITORA AFILIADA
lançamentos e nossas promoções.

Atendimento e venda direta ao leitor:
mdireto@record.com.br ou (21) 2585-2002.

Capítulo 1

Querem que eu escreva tudo o que aconteceu. Tudinho. Estão chamando de "minha declaração".

Certo. Minha declaração. Sobre como aconteceu. Desde o começo.

Na TV, quando as pessoas precisam dar uma declaração, normalmente tem alguém sentado anotando tudo enquanto elas falam, e depois elas só precisam assinar assim que conferem o que disseram. Além disso, elas ganham café, biscoitos e coisas assim. Eu só tenho um monte de papel e essa caneta que está vazando. Não ganhei nem uma Coca diet.

Isso é só mais uma prova de que o que vemos na TV é mentira.

Querem minha declaração? Certo, aqui vai a minha declaração:

É tudo culpa de Ruth.

De verdade. É mesmo. Tudo começou naquele dia, na fila do hambúrguer no refeitório, quando Jeff Day disse para Ruth que ela era tão gorda que iam ter que enterrá-la dentro de um piano, como fizeram com o Elvis.

O que é uma idiotice, já que, pelo que sei, Elvis não foi enterrado em um piano. Não importa o quanto estivesse gordo quando morreu. Tenho certeza de que Priscilla Presley podia comprar um caixão melhor do que um piano para enterrar o Rei.

Além disso, desde quando Jeff Day fala uma coisa dessas para alguém, principalmente para minha melhor amiga, e sai numa boa?

Então fiz o que qualquer melhor amiga faria, nas mesmas circunstâncias. Dei um pulo e enfiei a porrada nele.

E não é como se Jeff Day não merecesse levar porrada diariamente. Ele é um babaca completo.

E não é como se eu o tivesse machucado de verdade. Tudo bem, confesso, ele cambaleou e caiu em cima dos temperos. Grande coisa. Não saiu sangue, nem acertei o rosto dele. Jeff viu meu punho chegando e no último minuto desviou; então, em vez de dar um soco no nariz dele, como eu pretendia, acabei acertando seu pescoço.

Duvido muito que tenha até ficado roxo.

Mas não é que um segundo depois, uma pata enorme aperta o meu ombro e o técnico Albright me vira para encará-lo? Por acaso, ele estava atrás de mim e de Ruth na fila do hambúrguer, pegando um prato de batata frita. Ele viu a história toda...

Só que não viu a parte sobre Jeff dizer a Ruth que ela teria que ser enterrada em um piano. Ah, não. Só a parte em que eu soquei a estrela do time dele no pescoço.

— Venha comigo, mocinha — disse o técnico Albright.

E me guiou para fora do refeitório até o andar de cima, para as salas dos orientadores.

Meu conselheiro, o Sr. Goodhart, estava na mesa dele, comendo direto de um saco de papel pardo. Antes que você sinta pena dele, no entanto, devo dizer que aquele saco de papel pardo tinha arcos dourados impressos na frente. Dava para sentir o cheiro das batatas fritas do final do corredor. O Sr. Goodhart, nos dois anos que venho à sala dele, nunca pareceu se preocupar nem um pouco com o consumo de gordura saturada. Ele diz que tem sorte de ter um metabolismo naturalmente muito acelerado.

Ele olhou para a frente e sorriu quando o técnico Albright disse com uma voz assustadora:

— Goodhart.

— Ei, Frank — cumprimentou ele. — E Jessica! Que surpresa agradável. Batatas?

Ele ofereceu o que era quase um balde de batatas fritas. O Sr. Goodhart tinha aumentado o tamanho das porções.

— Obrigada — falei, e peguei algumas.

O técnico Albright não aceitou a oferta. E falou:

— Essa aqui acabou de socar meu melhor jogador no pescoço.

O Sr. Goodhart olhou para mim com reprovação.

— Jessica! Isso é verdade?

— Eu pretendia acertar a cara dele, mas o idiota desviou — respondi.

O Sr. Goodhart balançou a cabeça.

— Jessica, já conversamos sobre isso.

— Eu sei — concordei, com um suspiro. De acordo com o Sr. Goodhart, tenho problemas para controlar minha raiva. — Mas não pude evitar. O cara é um babaca.

Isso aparentemente não era o que o técnico Albright e o Sr. Goodhart queriam ouvir. O Sr. Goodhart revirou os olhos, mas o técnico Albright parecia que poderia muito bem cair morto de ataque cardíaco ali, no meio da sala do conselheiro.

— Tudo bem — disse o Sr. Goodhart, bem rápido, acho que num esforço de impedir que o coração do técnico parasse. — Tudo bem então. Entre e sente-se, Jessica. Obrigado, Frank. Vou cuidar disso.

Mas o técnico Albright ficou ali de pé, seu rosto ficando cada vez mais vermelho, mesmo depois que me sentei — na minha cadeira favorita, a de vinil laranja perto da janela. Os dedos do técnico, gordos como salsichas, estavam enrolados como se ele quisesse socar alguém, como uma criança pequena prestes a ter um ataque de birra, e dava para ver uma veia pulsando no meio da testa dele.

— Ela machucou o pescoço dele — disse o técnico Albright.

O Sr. Goodhart ficou olhando para o técnico Albright. E então disse, com cuidado, como se o técnico fosse uma bomba a ser desarmada:

— Tenho certeza de que o pescoço do rapaz deve estar doendo muito. E tenho certeza absoluta de que uma garota de 1,57 m de altura machucou muito um atleta de 1,90m e 90 quilos.

— É — disse o técnico Albright. O técnico Albright é imune a sarcasmo. — Ele vai ter que botar gelo.

— Tenho certeza de que foi muito traumático para ele — disse o Sr. Goodhart. — E, por favor, não se preocupe com Jessica. Ela será punida adequadamente.

O técnico Albright aparentemente não sabia o que significava nem punida nem adequadamente, tendo em vista que ele prosseguiu:

— Não quero que ela toque mais nos meus rapazes! Mantenha essa garota longe deles!

O Sr. Goodhart colocou o Quarteirão com Queijo sobre a mesa, ficou de pé e andou até a porta. Colocou uma mão no braço do técnico e disse:

— Vou cuidar disso, Frank.

Depois empurrou o técnico Albright gentilmente para a área da recepção e fechou a porta.

— Nossa — soltou, quando ficamos sozinhos.

O Sr. Goodhart se sentou de novo para voltar ao sanduíche. Havia ketchup no canto da boca quando ele falou, ainda mastigando:

— E então, o que aconteceu com a nossa decisão de não puxar briga com pessoas maiores do que nós?

Olhei para o ketchup.

— Não provoquei essa — falei. — Foi Jeff.

— O que foi dessa vez? — O Sr. Goodhart me passou as batatas de novo. — Seu irmão?

— Não — falei. Peguei duas batatas e botei na boca. — Ruth.

— Ruth? — O Sr. Goodhart deu outra mordida no sanduíche. A bola de ketchup ficou maior. — Qual o problema com Ruth?

— Jeff disse que Ruth era tão gorda que teriam que enterrá-la dentro de um piano, que nem o Elvis.

O Sr. Goodhart engoliu.

— Isso é ridículo. Elvis não foi enterrado em um piano.

— Eu sei. — Dei de ombros. — Então o senhor entende por que não tive outra escolha a não ser bater nele.

— Bem, para ser honesto, Jess, ...não, na verdade não posso dizer que entendo. O problema de você sair batendo nesses garotos é que um dia desses eles vão querer revidar, e aí você não vai ficar feliz.

— Eles sempre tentam revidar. Mas sou muito mais rápida — falei.

— Sei — disse o Sr. Goodhart. Ainda havia ketchup no canto da boca dele. — Mas um dia você vai tropeçar ou algo assim, e então vai tomar uma surra.

— Acho que não — discordei. — Sabe, recentemente comecei a praticar kickboxing.

— Kickboxing — repetiu o Sr. Goodhart.

— Isso — falei. — Comprei um DVD.

— Um DVD — disse o Sr. Goodhart. O telefone dele tocou e ele falou: — Me dê licença um minuto, Jessica — e atendeu.

Enquanto o Sr. Goodhart falava ao telefone com a esposa, que parecia estar tendo problemas com o bebezinho deles, Russell, olhei pela janela. Não havia muito para ver pela janela do Sr. Goodhart, só o estacionamento dos professores, basicamente, e um pedaço grande do céu. A cidade em que moro é bem plana, então sempre dá pra ver muito céu. Naquele momento, o céu estava cinzento e nublado. Dava para ver camadas de nuvens cinzentas atrás do lava-rápido em frente à escola. Provavelmente já estava chovendo na cidade vizinha naquela direção. Mas não dava para saber só de olhar para aquelas nuvens se a chuva viria em nossa direção ou não. Eu achava que a probabilidade era grande.

— Se Russell não quer comer — disse o Sr. Goodhart ao telefone —, então não tente obrigar... Não, eu não quis dizer que você o estava obrigando. O que quis dizer era que talvez ele não esteja com fome agora... Sim, eu sei que o menino precisa criar uma rotina, mas...

O lava-rápido estava vazio. Ninguém se dá ao trabalho de lavar um carro quando vai chover. Mas o McDonald's ao lado, onde o Sr. Goodhart tinha comprado seu lanche, estava lotado. Só os alunos do último ano podem sair do campus na hora do almoço, e eles lotam o McDonald's e o Pizza Hut, do outro lado da rua.

— Certo — disse o Sr. Goodhart, desligando o telefone. — Onde nós estávamos, Jess?

— O senhor estava me dizendo que preciso aprender a me controlar.

— Sim — assentiu o Sr. Goodhart. — Sim, você precisa mesmo, Jessica.

— Ou qualquer dia desses vou acabar machucada.

— É isso mesmo que quero dizer.

— E que devo contar até dez antes de fazer alguma coisa na próxima vez que eu ficar com raiva.

O Sr. Goodhart assentiu de novo, com ainda mais entusiasmo.

— Sim, isso seria ótimo também.

— Além do mais, se quero ter sucesso na vida, preciso entender que a violência não resolve nada.

O Sr. Goodhart juntou as mãos com um estalo.

— Exatamente! Você está entendendo, Jessica. Finalmente está entendendo.

Fiquei de pé para ir embora. Eu já frequentava a sala do Sr. Goodhart havia quase dois anos, e já tinha entendido bem como as coisas funcionavam na cabeça dele. Um bônus era que, por ter passado tanto tempo na antessala do Sr. Goodhart, lendo *folders* enquanto esperava para falar com ele, eu tinha praticamente descartado uma carreira no serviço militar.

— Bem — falei. — Acho que entendo, Sr. Goodhart. Muito obrigada. Vou tentar agir melhor da próxima vez.

Eu quase tinha conseguido passar pela porta quando ele me parou.

— Ah, Jess — chamou, com aquele jeito simpático dele. Olhei para trás.

— Hã?

— Vai ter mais uma semana de detenção — lembrou, mastigando uma batata. — Adicionada às sete semanas que você já precisa cumprir.

Sorri.

— Sr. Goodhart?

— Sim, Jessica?

— Tem ketchup na sua boca.

Certo, não foi a melhor resposta. Mas pelo menos ele não tinha dito que ia ligar para os meus pais. Se tivesse dito algo assim, a minha resposta seria bem feia. Mas ele não disse. E o que é mais uma semana de detenção em comparação a isso?

Além do mais, tenho tantas semanas de detenção que abri mão completamente da possibilidade de ter vida particular. Na verdade, é uma pena que a detenção não conte como atividade extracurricular. Se contasse, meu currículo estaria bem apresentável para várias faculdades no momento.

Não que a detenção seja tão ruim assim. A gente apenas fica sentado lá por uma hora. Você pode fazer o dever de casa, se quiser, ou pode ler uma revista. Só não tem permissão para conversar. A pior parte, eu acho, é que a gente perde o ônibus, mas quem quer ir para casa de ônibus, com os calouros e o resto dos perdedores? Desde que Ruth tirou a habilitação, quer mais é arrumar qualquer desculpa para dirigir, então tenho uma carona certeira para casa todo dia. Meus pais nem se deram conta ainda. Falei para eles que entrei para a banda.

Ainda bem que eles têm coisas muito mais importantes com que se preocupar do que em ir aos jogos da escola, senão talvez tivessem percebido minha ausência na seção das flautas.

Enfim, quando Ruth foi me pegar depois da detenção naquele dia — o dia em que essa história toda começou, o dia em que soquei Jeff Day no pescoço —, ela veio pedindo mil desculpas, já que eu basicamente tinha me encrencado por causa dela.

— Ah, meu Deus, Jess — disse ela quando nos encontramos, às 16h, do lado de fora do auditório.

Havia tanta gente em detenção na Ernest Pyle High School que tiveram que começar a nos colocar no auditório. Isso é meio irritante para o grupo de teatro, que se reúne no palco do auditório todo dia às 15h, mas nós somos obrigados a deixá-los em paz, e eles retribuem o favor, exceto quando precisam que um dos caras mais altos da última fila carregue parte do cenário ou coisa assim.

O lado bom disso é que agora sei a peça *Nossa Cidade* de cor.

O lado ruim é que, afinal, quem quer saber a peça *Nossa Cidade* de cor?

— Ah meu Deus, Jess — dizia Ruth. — Você devia ter visto. Jeff estava com condimentos até o pescoço. Depois que você deu o soco nele, quero dizer. Tinha maionese na camiseta dele toda. Você foi demais. Não precisava, mas o que você fez foi demais.

— É — falei.

Eu estava bem feliz de ir para casa. O lance da detenção é que, certo, dá para fazer todo o dever enquanto estamos ali, mas ainda assim é um saco. Como a escola, de um modo geral.

— Deixa pra lá. Vamos pro carro.

Mas, quando chegamos ao estacionamento, o conversível vermelho de Ruth, que ela comprara com o dinheiro do *bat mitzvah*, não estava lá. Eu não quis dizer nada a princípio, já que Ruth ama aquele carro, e eu certamente não queria ser a pessoa a dar-lhe a má notícia de que ele tinha sumido. Mas, depois de ficarmos lá de pé por alguns segundos, com ela falando sobre como eu fui demais e eu observando meus colegas de detenção subirem em picapes ou motocicletas (a maioria das pessoas nas detenções é caipira ou DJ — eu sou a única urbana), falei:

— Hã, Ruth, onde está seu carro?

— Ah, fui pra casa com ele depois da escola e pedi a Skip pra me trazer de volta até aqui — respondeu Ruth.

Skip é o irmão gêmeo de Ruth, ele comprou um Trans Am com o dinheiro do *bar mitzvah*. Como se, mesmo com um Trans Am, Skip tivesse alguma chance de ir para a cama com alguém.

— Pensei que seria divertido ir pra casa andando — prosseguiu Ruth.

Olhei para as nuvens que no começo da tarde estavam atrás do lava-rápido. Estavam agora quase diretamente em cima das nossas cabeças.

— Ruth, moramos a três quilômetros daqui — falei.

Ruth disse, toda alegre:

— Ah, eu sei. Podemos queimar muitas calorias se andarmos rápido.

— Ruth — repeti. — Vai cair um temporal.

Ruth apertou os olhos e olhou para o céu.

— Não vai, não.

Olhei para minha amiga como se ela estivesse louca.

— Ruth, é claro que vai chover. Você tá usando crack?

Ruth começou a parecer estar chateada. Não é preciso muito para deixá-la mal. Ela ainda estava chateada por causa da piada de Jeff sobre o piano, dava para ver. Por isso Ruth queria ir andando para casa: tinha esperança de perder peso. Ela não ia almoçar por uma semana, eu sabia, só por causa do que aquele babaca disse.

— Não tô usando crack — disse Ruth. — Só acho que está na hora de nós duas começarmos a tentar entrar em forma. O verão está chegando e não vou passar mais quatro meses inventando desculpas pra não ir à festa na piscina de alguém.

Comecei a rir.

— Ruth — falei —, ninguém nunca nos convida pra festas na piscina.

— Fale por você — disse Ruth. — E andar é uma forma de exercício muito útil. Dá pra queimar o mesmo número de calorias andando três quilômetros que se queimaria correndo a mesma distância.

Olhei para ela.

— Ruth — falei. — Isso é bobagem. Quem disse isso?

— É verdade. Você vem?

— Não acredito que você se importa com o que um babaca como Jeff Day diz sobre qualquer coisa — falei.

— Não ligo para o que Jeff Day diz. Isso não tem nada a ver com o que ele disse. Só acho que já está na hora de nós duas entrarmos em forma — repetiu Ruth.

Fiquei olhando para ela mais um pouco. Vocês deviam tê-la visto. Ruth é minha melhor amiga desde o jardim de infância, quando a família se mudou para a casa ao lado da minha. E o mais engraçado é que, apesar do fato de ela ter seios agora (bem grandes, maiores do que jamais terei, a não ser que coloque silicone, o que nunca vai acontecer), Ruth tem exatamente a mesma aparência que tinha quando a conheci: cabelo encaracolado castanho-claro, olhos azuis enormes por trás de óculos com uma armação dourada, uma barriguinha proeminente e um QI de 167 (fato sobre o qual ela me informou depois de cinco minutos pulando amarelinha juntas).

Mas você não acharia que ela estava nas turmas mais adiantadas se tivesse visto o que ela estava usando naquele dia. Tudo bem, ela estava usando legging preta, um moletom largo da escola e tênis. Normal, certo? Espere.

Ela acrescentara a isso uma faixa na cabeça (sem brincadeira) e uma em cada pulso, para secar o suor. Também trazia uma garrafa de água enorme pendurada no ombro em uma espécie de bolsinha de rede. Quero dizer, dava para ver que ela achava que estava parecendo uma atleta olímpica, mas estava parecendo mesmo uma dona de casa lunática que tinha acabado de comprar o livro *Fique em forma com a Oprah* ou algo assim.

Enquanto eu estava lá de pé, olhando para Ruth, pensando em como dar um toque nela em relação às faixas, um dos caras da detenção encostou uma Indian toda customizada.

Posso aproveitar essa oportunidade para mencionar que a única coisa que eu sempre quis é uma moto? E essa era bem silenciosa. Odeio aqueles caras que tiram o silencioso das motos para que elas façam um barulho ensurdecedor quando eles tentam passar pelas lombadas no estacionamento dos professores. Esse cara tinha ajustado a dele para ronronar como um gatinho. Pintada de preto, com cromado brilhante em todo o resto... essa era uma moto diferente. Muito legal.

E o cara sobre ela também não era nada mal.

— Mastriani — disse ele, apoiando a bota no meio-fio. — Precisa de uma carona?

Se Ernest Pyle em pessoa, famoso repórter de Indiana, tivesse levantado do túmulo e começado a me fazer perguntas sobre indicadores jornalísticos, eu não teria ficado tão surpresa quanto fiquei por esse cara ter me oferecido uma carona.

Mas gosto de pensar que disfarcei bem.

Respondi, calma até demais:

— Não, obrigada. Vamos andando.

Ele olhou para o céu.

— Vai cair um temporal — falou em um tom que sugeria que eu era uma idiota se não percebia isso.

Inclinei minha cabeça na direção de Ruth, para que ele entendesse a mensagem.

— Vamos *andando* — falei de novo.

Ele deu de ombros com a jaqueta de couro.

— O enterro é seu — disse ele, e foi embora.

Observei-o ir embora, tentando não reparar o quanto a calça jeans emoldurava bem o bumbum perfeito.

E o bumbum não era a única coisa perfeita nele.

Calma, calma. Estou falando do rosto dele, tá? Era um rosto bonito, sem o típico ar de bobão que a maioria dos garotos da minha escola tem. O rosto desse cara aparentava ao menos um pouco de inteligência. E daí que o nariz dele parecia ter sido quebrado algumas vezes?

Tudo bem, talvez sua boca fosse um pouco torta, e o cabelo escuro e enrolado precisasse urgentemente de um corte. Essas deficiências eram mais do que compensadas por um par de olhos azuis tão claros que pareciam mais ser cinza-claro, e ombros tão largos que duvido que conseguiria ver muito da estrada caso algum dia eu acabasse atrás deles na traseira daquela moto.

Ruth, no entanto, não pareceu ter percebido nenhuma dessas qualidades altamente admiráveis. Ela ficou olhando para mim como se tivesse me visto falando com um canibal ou algo do tipo.

— Ah, meu Deus, Jess — exclamou. — Quem *era* aquele cara?

— O nome dele é Rob Wilkins — respondi.

Ela prosseguiu:

— Um *caipira*. Ah, meu Deus, Jess, aquele cara é um *caipira*. Não acredito que você estava falando com ele.

Não se preocupem. Vou explicar.

Há dois tipos de pessoas que estudam na Ernest Pyle High School: os adolescentes que vêm da parte rural do condado, conhecidos como "caipiras", e os adolescentes que moram na cidade, conhecidos como "urbanos". Os caipiras e os urbanos não se misturam e ponto final. Os urbanos se acham melhores do que os caipiras porque têm mais dinheiro, já que os pais da maioria dos alunos que moram na cidade são médicos, advogados ou professores. Os caipiras se acham melhores do que os urbanos porque sabem fazer coisas que os urbanos não sabem, como consertar motos velhas, ajudar cavalos a parir e coisas assim. Os pais dos caipiras são operários de fábrica ou fazendeiros.

Há subdivisões dentro desses grupos, como os DJ (delinquentes juvenis) e os atletas (que inclui os adolescentes populares e as líderes de torcida), mas a escola é mesmo mais dividida entre caipiras e urbanos.

Ruth e eu somos urbanas. Rob Wilkins, nem preciso dizer, é caipira. E, como bônus, tenho quase certeza de que ele é DJ também.

Porém, como o Sr. Goodhart gosta tanto de me dizer, eu também sou — ou pelo menos vou virar, qualquer dia desses, se não começar a levar mais a sério os conselhos dele para controle da raiva.

— De onde você conhece aquele cara? — quis saber Ruth. — Ele não pode estar em nenhuma das suas aulas. Certamente não vai pra faculdade. Pra prisão, talvez — comentou ela com desdém. — Mas ele deve estar no último ano, pelo amor de Deus.

Eu sei. Ela parece esnobe, não é?

Ela não é, na verdade. Apenas tem medo. Rapazes (os de verdade, não os idiotas como o irmão dela, Skip) deixam Ruth assustada. Mesmo com um QI de 167, os rapazes são uma coisa que ela nunca conseguiu entender. Ruth não consegue entender que os garotos são como nós.

Bem, com algumas exceções.

Respondi:

— Eu o conheci na detenção. Podemos ir andando, por favor, antes que a chuva comece? Estou com minha flauta aqui, sabia?

Mas Ruth não ia deixar pra lá.

— Você teria mesmo aceitado uma carona daquele cara? Um estranho? Se eu não estivesse aqui?

— Não sei — falei.

E não sabia mesmo. Espero que você não esteja tendo a impressão de que foi a primeira vez que um cara me ofereceu uma carona ou coisa parecida. Quero dizer, admito que tenho uma certa tendência a usar meus punhos com certa liberdade, mas não sou nenhuma baranga. Posso ser meio pequenininha (tenho 1,57 metro de altura, como o Sr. Goodhart gosta tanto de me lembrar), e não sou muito fã de maquiagem e nem de moda, mas acredite, eu sou bem bonitinha.

Tudo bem, não sou uma supermodelo: gosto de deixar o cabelo curto para não ter trabalho, e prefiro ele castanho — vocês não vão me ver fazendo experiências com luzes, como algumas pessoas que eu poderia mencionar. Cabelo castanho combina com meus olhos castanhos, que combinam com minha pele morena... Bom, pelo menos é como costumo ficar no final do verão.

Mas a única razão pela qual fico em casa nas noites de sábado é que a alternativa seria sair com caras como Jeff Day ou Skip, o irmão de Ruth. São os únicos tipos de cara com quem minha mãe me deixaria sair.

É, vocês entenderam. Urbanos. Isso mesmo. Só posso sair com "garotos predestinados à faculdade". Ou seja, urbanos.

Onde eu estava? Ah, sim.

Então, em resposta à sua pergunta, não, Rob Wilkins não foi o primeiro cara a se aproximar e oferecer uma carona.

Mas Rob Wilkins *foi* o primeiro cara a quem eu teria dito sim.

— Sim — falei para Ruth. — Eu provavelmente teria aceitado a proposta dele. Se você não estivesse lá e tal.

— Não acredito.

Ruth começou a andar, mas tenho que dizer: aquelas nuvens estavam bem atrás da gente. A não ser que fôssemos a uns 150 quilômetros por hora, não tinha como chegarmos em casa antes da chuva cair. E o mais rápido que Ruth anda é talvez de a quilômetro por hora, no máximo. Em boa forma física ela não está.

— Não acredito — disse ela de novo. — Você não pode sair por aí subindo na garupa de motos de caipiras. Pense bem, quem sabe aonde você ia parar? Morta em um milharal, sem dúvida.

Quase toda garota que desaparece em Indiana é encontrada em algum momento seminua e em decomposição em um milharal. Mas isso vocês já sabem, não é?

— Você é tão esquisita — disse Ruth. — Só você para fazer amizade com os caras da detenção.

Eu ficava olhando para trás, para as nuvens. Elas eram enormes, como montanhas. Só que, ao contrário das montanhas, elas não ficaram paradas.

— Bem — disse eu —, não posso exatamente *evitar* conhecê-los. Nos sentamos juntos uma hora por dia, todos os dias, nos últimos três ou quatro meses.

— Mas eles são *caipiras* — disse Ruth. — Meu Deus, Jess. Você *fala* mesmo com eles?

— Não sei. Quero dizer, não temos permissão pra falar. Mas a Srta. Clemmings precisa fazer a chamada todo dia, então a gente aprende os nomes das pessoas. É meio que inevitável.

Ruth balançou a cabeça.

— Ah, meu Deus. Meu pai me mataria, me *mataria* mesmo, se eu voltasse para casa na moto de um caipira.

Não falei nada. As chances de alguém convidar Ruth para subir em uma moto eram praticamente nulas.

— Ainda assim — disse Ruth, depois de termos andado um pouco em silêncio —, ele *era* meio bonitinho. Para um caipira, é claro. O que ele fez?

— Como assim? Pra ficar na detenção? — Dei de ombros. — Como vou saber? Não podemos falar.

Deixem-me contar um pouco sobre o local por onde andávamos. A Ernest Pyle High School fica em uma rua criativamente chamada de High School Road. Como vocês devem ter adivinhado, não há muita coisa na High School Road a não ser, bem, a escola. São só duas pistas e um monte de terrenos agrícolas. O McDonald's e o lava-rápido e as outras coisas ficavam na Pike. Não estávamos andando na Pike. Ninguém nunca anda pela Pike desde que uma garota foi atropelada quando andava lá ano passado.

Então tínhamos percorrido a distância de um campo de futebol americano na High School Road quando a chuva começou. Pingos grandes e pesados.

— Ruth — chamei, calmamente, quando o primeiro pingo caiu em mim.

— Vai passar — disse Ruth.

Outro pingo me atingiu. Depois um grande relâmpago cortou o céu e pareceu atingir a torre de água, a um quilômetro e meio. Depois o trovão soou. Bem alto. Tão alto quanto os aviões na Base Militar Crane, quando rompem a barreira do som.

— Ruth — repeti, começando a perder a calma.

— Talvez devêssemos procurar abrigo — disse Ruth.

— Exatamente — falei.

Mas o único abrigo que havia por perto era a arquibancada de metal que cercava o campo de futebol americano. E todo mundo sabe que, durante uma tempestade elétrica, não se deve esconder sob nada metálico.

Foi nesse momento que a primeira pedra de granizo me atingiu.

Se vocês já foram atingidos por uma pedra de granizo vão entender por que Ruth e eu corremos para debaixo daquelas arquibancadas. E, se vocês nunca foram atingidos por uma pedra de granizo, só posso dizer que vocês têm sorte. Essas pedras de granizo eram do tamanho de bolas de golfe, sem exagero. Eram enormes. E aquelas merdas (perdoem meu linguajar) doem!

Ruth e eu ficamos embaixo daquelas arquibancadas, com pedras de granizo caindo ao nosso redor, como se estivéssemos presas dentro de uma pipoqueira gigante. Só que pelo menos a pipoca não estava caindo mais nas nossas cabeças.

Com os trovões e o som do granizo caindo nos assentos de metal sobre nós, depois ricocheteando e caindo no chão, era meio difícil ouvir alguma coisa, mas isso não impediu Ruth de gritar:

— Me desculpe!

Tudo que eu disse foi "ai", porque um pedaço grande de granizo quicou no chão e me atingiu na perna.

— É de coração! — Ruth gritou. — Me desculpe de verdade.

— Pare de se desculpar — falei. — Não é sua culpa.

Pelo menos era o que eu pensava *naquele momento*. Depois disso, mudei de opinião, como vocês podem notar se relerem as primeiras linhas desta minha *declaração*.

Um grande raio iluminou o céu, se abrindo em quatro ou cinco direções. Uma delas atingiu o telhado de um silo de armazenamento que eu conseguia ver acima das árvores. O trovão soou tão alto que sacudiu a arquibancada.

— É, sim — disse Ruth. Ela parecia estar começando a chorar. — *É minha culpa.*

— Ruth — falei. — Pelo amor de Deus, você está chorando?

— Estou — disse ela, fungando.

— Por quê? É só uma tempestade idiota. Já ficamos presas em tempestades antes. — Recostei-me em um dos postes que sustentavam as arquibancadas. — Lembra aquela vez no quinto ano quando ficamos presas em uma tempestade enquanto voltávamos da sua aula de violoncelo?

Ruth limpou o nariz com o punho do moletom.

— E tivemos que procurar abrigo na sua igreja?

— Só que você não queria entrar além da marquise — falei.

Ruth riu em meio às lágrimas.

— Porque eu achava que Deus ia me matar por colocar os pés num templo gói.

Fiquei feliz por ela estar rindo, pelo menos. Ruth pode ser um saco, mas ela é minha melhor amiga desde o jardim de infância, e não dá pra largar a melhor amiga desde o jardim de infância só porque ela às vezes usa faixas na cabeça e nos punhos ou começa a chorar quando chove. Ruth é bem mais interessante do que a maioria das garotas da minha escola, afinal lê um livro por dia (literalmente) e ama tocar violoncelo tanto quanto eu amo tocar minha flauta, mas apesar de ser um gênio, também assiste a programas bregas na TV.

E, na maioria das vezes, ela é engraçada à beça.

Mas este não era um desse momentos.

— Ai, Deus — gemeu Ruth quando o vento aumentou a começou a jogar pedras de granizo contra nós debaixo das arquibancadas. — Isso é clima de furacão, não é?

O sul de Indiana fica bem no meio da Alameda dos Tornados. É o terceiro estado com mais tufões por ano. Passei por muitos deles sentada no porão de casa. Ruth não passou por tantos, já que só morou a última década no Meio-Oeste. E eles sempre parecem acontecer por volta dessa época do ano.

E, apesar de eu não querer dizer nada para chatear Ruth mais do que ela já estava chateada, o tempo dava todos os sinais de ser propício a um furacão. O céu estava com uma estranha cor amarelada, a temperatura estava quente, mas o vento, bem frio. E ainda tinha esse granizo louco...

Quando eu estava abrindo a minha boca para dizer a Ruth que provavelmente era só uma chuvinha de primavera, para ela não se preocupar, minha amiga gritou:

— Jess, não...

Mas não ouvi o que ela disse depois disso, porque nesse momento houve uma explosão enorme que abafou todo o resto.

Capítulo 2

Não foi uma explosão, percebi depois. Foi um raio que atingiu as arquibancadas de metal. Depois o raio desceu pelo poste no qual eu estava encostada.

Então acho que podemos dizer que, tecnicamente, fui atingida por um raio.

Mas não doeu. Foi bem estranho, mas não doeu.

Depois do que aconteceu, quando voltei a escutar só ouvi Ruth gritando. Eu não estava no mesmo lugar onde estava um segundo antes, e sim de pé a um metro e meio de distância.

Ah, e eu me sentia formigando. Sabe quando você está tentando ligar algum aparelho sem olhar direito o que está fazendo, e sem querer enfia o dedo na tomada?

Era assim que eu me sentia, só que trezentas vezes pior.

— Jess! — gritava Ruth. Ela correu e sacudiu meu braço. — Ah, meu Deus, Jess, você está bem?

Olhei para ela. Ainda era a mesma Ruth de sempre. Ainda estava usando as faixas.

Mas foi aí que eu comecei a não ser a mesma Jess de sempre. Foi aí que tudo começou.

E a coisa só piorou depois.

— Estou — respondi. — Estou bem.

E eu realmente me sentia bem. Não estava mentindo nem nada. Não naquele momento. Eu só me sentia toda formigando, mas não era uma sensação ruim. Na verdade, depois da surpresa inicial, a sensação era até boa. Eu me sentia meio que energizada, sabe?

— Ei — falei, olhando além das arquibancadas. — Olhe. O granizo parou.

— Jess — disse Ruth, sacudindo meu braço de novo. — Você foi atingida por um raio. Não entende? Você foi atingida por um raio!

Olhei para ela. Ela estava meio engraçada com aquela faixa na cabeça. Comecei a rir. Uma vez, no chá de panela da minha tia Teresa, ninguém prestou atenção em quantas taças de Pinot Grigio o garçom me serviu, e eu me senti daquele mesmo jeito. Com vontade de rir. Muita.

— É melhor você deitar — disse Ruth. — É melhor você botar a cabeça entre os joelhos.

— Por quê? — perguntei a ela. — Para dar um beijo de adeus na minha própria bunda?

Aquilo foi demais para mim. Comecei a gargalhar. Foi engraçado demais.

Mas Ruth não achou tão legal assim.

— Não — disse ela. — Porque você está branca como um fantasma. Você pode desmaiar. Vou tentar fazer algum carro parar. Precisamos levar você pro hospital.

— Minha nossa — falei. — Não preciso ir pra hospital nenhum. A tempestade passou. Vamos.

E saí andando de debaixo daquelas arquibancadas como se nada tivesse acontecido.

E, na verdade, naquele momento eu achava mesmo que estava tudo bem. Eu me sentia bem. Melhor do que me sentia havia meses. Melhor do que me sentia desde antes do meu irmão Douglas voltar pra casa da faculdade.

Ruth veio atrás de mim, parecendo toda preocupada.

— Jess — disse ela. — É sério. Você não devia estar tentando...

— Ei — falei.

O céu tinha ficado bem mais claro, e debaixo dos meus tênis, as pedras de granizo estalaram, como se alguém lá no alto tivesse derrubado sem querer algum tipo de bandeja de gelo celestial.

— Ei, Ruth — chamei, apontando para as pedras de granizo. — Olhe. Parece neve. Neve em abril!

Mas Ruth não olhou para as pedras de granizo. Apesar dos tênis Nike dela afundarem nas pedras, ela não olhou. Só olhava para mim.

— Jessica — disse ela, pegando minha mão. — Jessica, escute. — Ruth baixou a voz até que fosse apenas um sussurro. Eu a ouvia bem, já que o vento tinha passado e os trovões também. — Jessica, estou dizendo, você não está bem. Eu vi... Eu vi um *raio* sair de você.

— É mesmo? — Sorri para ela. — Legal.

Ruth soltou minha mão e se virou com raiva.

— Tudo bem — disse ela, e saiu andando pela rua. — Não vá pro hospital. Morra de um ataque cardíaco. Você vai ver se eu dou a mínima!

Eu a segui, chutando pedras de granizo no caminho com meus tênis Puma.

— Ei — falei. — Pena que não tinha raio saindo de mim hoje no refeitório, hein? Jeff Day ia se arrepender de verdade, né?

Ruth não achou aquilo engraçado. Ela continuou caminhando, ofegando um pouco por andar rápido. Mas o rápido de Ruth era normal para mim, então não tive dificuldade alguma em acompanhar.

— Ei — repeti. — Não teria sido legal se eu tivesse conseguido lançar raios na palestra de hoje? Naquela hora em que a Sra. Bushey subiu lá e nos desafiou a ficar longe das drogas? Aposto que isso teria reduzido aquele discurso dela.

Continuei batendo na mesma tecla o caminho todo até em casa. Ruth tentou permanecer zangada comigo, mas não conseguiu. Não porque eu seja encantadora ou engraçada, mas porque a tempestade provocou danos interessantes. Vimos vários galhos de árvores caídos, parabrisas quebrados pelo granizo e alguns sinais de trânsito que pararam de funcionar completamente. Foi bem legal. Algumas ambulâncias e caminhões de bombeiro passaram por nós, e, quando finalmente chegamos ao Kroger na esquina da High School Road com a First Street, onde viraríamos para ir para casa, as letras KRO tinham sido derrubadas, então o letreiro só dizia GER.

— Ei, Ruth, olha — disse. — O Ger tá aberto, mas o Kro tá fechado.

Até mesmo Ruth teve que rir disso.

Quando chegamos em casa (comentei que moramos uma ao lado da outra, não foi?), Ruth já tinha passado do ponto de ficar assustada por mim. Pelo menos eu achei que sim. Quando eu estava prestes a sair correndo da calçada para a minha varanda, ela deu um suspiro profundo e falou:

— Jessica, realmente acho que você devia falar com a sua mãe e com o seu pai. Falar sobre o que aconteceu.

Ah, sim. Como se eu fosse contar para eles uma coisa tão boba quanto o fato de eu ter sido atingida por um raio. Eles tinham coisas muito mais importantes com que se preocupar.

Não falei isso, mas Ruth deve ter lido meus pensamentos, já que logo em seguida disse:

— Não, Jess. Estou falando sério. Você devia contar para eles. Já li sobre pessoas atingidas por raios como você. Elas se sentiram perfeitamente bem, assim como você, e de repente, *bum*! Ataque cardíaco.

— Ruth — pedi.

— Acho mesmo que você devia contar para eles. Sei o quanto eles já são preocupados, com Douglas e tudo. Mas...

— Ei — alertei. — Douglas está bem.

— Eu sei. — Ruth fechou os olhos. Depois os abriu de novo e disse: — Sei que Douglas está bem. Tudo bem. Só prometa que, se você começar a se sentir... meio estranha, você vai contar para alguém.

Isso parecia justo. Jurei solenemente não morrer de ataque cardíaco. Então nos separamos em frente à minha casa com um recíproco "até mais".

Só quando eu estava quase entrando em casa é que percebi que a árvore *Cornus florida* que tinha perto da entrada da garagem (que estava cheia de flores naquela manhã) tinha ficado completamente nua de novo, como se fosse o meio do inverno. O granizo tinha derrubado todas as folhas e flores.

Sempre falam na minha aula de Inglês sobre simbolismo e coisas assim. Por exemplo, como o velho carvalho murcho em *Jane Eyre* representa a perdição e tudo o mais. Então acho que posso dizer que, se essa minha *declaração* fosse uma obra de ficção, aquela árvore simbolizaria o fato de que tudo não ia acontecer às mil maravilhas para mim.

Só que, é claro, assim como Jane, eu não tinha ideia do que o futuro guardava para mim. Quero dizer, naquele momento, eu não me dei conta do simbolismo da árvore nua. Só pensei algo do tipo: "Nossa, que pena. Aquela árvore estava bonita antes de ser destruída pelo granizo."

E aí entrei.

Capítulo 3

Eu moro (já que deve ser importante dar meu endereço nessa minha *declaração*) com meus pais e dois irmãos em uma casa grande na Lumley Lane. Nossa casa é a melhor da rua.

Não digo isso para me gabar. Simplesmente é verdade. Antes era uma casa de fazenda, mas uma bem elegante, com janelas com vitral e tudo. Algumas pessoas da Sociedade Histórica de Indiana foram lá uma vez e colocaram uma placa, já que é a casa mais antiga da cidade.

Mas só porque moramos em uma casa velha não significa que somos pobres. Meu pai é dono de três restaurantes no centro da cidade, a umas oito ou nove quadras de casa. Os restaurantes são: o Mastriani's, que é caro; o Joe's, que não é; e um delivery chamado Joe Junior's, que é o mais barato de todos. Posso comer em qualquer um deles a qualquer hora que eu quiser, de graça. Meus amigos também.

Vocês podem pensar que, por causa disso, eu teria mais amigos. Mas, além de Ruth, só tenho mesmo mais uns poucos amigos, a maioria da orquestra. Ruth tem a primeira cadeira da seção dos violoncelos. Tenho a terceira cadeira na seção das flautas. Sou amiga de alguns dos outros flautistas (o segundo e o quinto, principalmente) e de algumas pessoas da seção de metais, e de um ou dois dos outros violoncelistas que receberam o selo de aprovação de Ruth mas, fora isso, fico na minha.

Bem, exceto por todos os caras da detenção.

Meu quarto fica no terceiro andar. Meu quarto e meu banheiro são os únicos cômodos no terceiro andar. Lá costumava ser o sótão. Tem teto baixo e janelas daquelas que ficam no meio do telhado. Antigamente eu conseguia colocar meu corpo inteiro numa dessas janelas, e gostava de sentar lá e olhar o que estava acontecendo na Lumley Lane, o que não costumava ser muita coisa. Mas eu ficava mais alta do que todo mundo da rua, e sempre achei isso legal. Eu fingia que era uma faroleira e que a janela era meu farol, e procurava barcos prestes a encalhar no gramado do jardim, que eu fingia ser uma praia perigosa.

Ah, peraí. Eu era só uma garotinha naquela época, tá?

E, nas palavras do Sr. Goodhart, mesmo naquela época eu tinha problemas.

Enfim, para chegar ao terceiro andar, era preciso pegar a escadaria que fica logo adiante da porta de entrada, na parte que minha mãe chama, com um sotaque francês, de *foyer* (ela pronuncia *foi-yê*. Ela também chama a Target, uma loja onde compramos toalhas e coisas do tipo, de *Targê*. É tipo uma piada. Minha mãe é assim). O problema é que, logo depois do *foyer* fica a sala de estar, que tem portas duplas que levam à sala de jantar, que tem portas duplas que levam à cozinha. Então, assim que se abre a porta da frente, minha mãe consegue ver a gente, lá do fundo da casa, por todas as portas duplas, muito antes de a gente ter a chance de chegar à escada e subir sem ninguém perceber.

E isso foi, é claro, o que aconteceu quando entrei naquela noite. Ela me viu e gritou (já que a cozinha na verdade fica bem longe):

— Jessica! Venha aqui!

E isso, é claro, significava que eu estava encrencada.

Tentando imaginar o que eu podia ter feito dessa vez (e na esperança de que o Sr. Goodhart não tivesse se adiantado e ligado para ela de qualquer jeito), coloquei minha mochila, minha flauta e tudo o mais no banquinho ao lado da escada e comecei minha longa caminhada através da sala de estar e de jantar. Fui pensando em uma boa história para explicar por que chegara tão tarde, caso fosse com isso que ela estivesse irritada.

— Tivemos ensaio da banda — comecei a dizer.

Quando cheguei à mesa da sala de jantar (que tem uma campainha embutida no chão sob a cadeira na cabeceira da mesa, para que a anfitriã pudesse pisar nela para avisar aos empregados na cozinha que era hora de levar a sobremesa. Isso, considerando, que não temos empregados, é um aborrecimento enorme, principalmente quando éramos menores: é impossível para crianças pequenas não tocar uma campainha daquelas o tempo todo, o que deixava minha mãe enlouquecida na cozinha), eu já estava entrando na história.

— É, o ensaio da banda demorou, mãe. Por causa do granizo. Tivemos que correr para nos proteger debaixo das arquibancadas, e tinha tantos relâmpagos e...

— Olhe isso.

Minha mãe enfiou uma carta no meu nariz. Meu irmão Mike estava sentado, com os ombros meio caídos, em frente ao balcão da cozinha. Ele parecia infeliz, mas, por outro lado, ele nunca tinha parecido feliz um dia sequer na vida, pelo que consigo me lembrar, exceto quando meus pais deram um Mac a ele no Natal. Naquela hora, ele pareceu feliz.

Olhei para a carta que minha mãe estava segurando. Eu não conseguia ler, já que estava perto demais do meu nariz. Mas não tinha problema. Minha mãe dizia:

— Sabe o que é isso, Jessica? Sabe o que é isso? É uma carta de Harvard. E o que você acha que ela diz?

— Puxa, Mikey. Parabéns — falei.

— Obrigado — disse Mike, mas não parecia muito animado.

— Meu garotinho. — Minha mãe pegou a carta e começou a sacudi-la. — Meu pequeno Mikey! Vai para Harvard! Ah, meu Deus, mal posso acreditar! — Ela fez uma dancinha esquisita.

Minha mãe normalmente não é tão esquisita. A maior parte do tempo ela é como as outras mães. Às vezes ajuda meu pai nos restaurantes, com as contas e a folha de pagamentos, mas a maior parte do tempo fica em casa e faz coisas como rejuntar os azulejos dos banheiros. Minha mãe, como a maioria das mães, é totalmente devotada aos filhos, então Mike entrar em Harvard (apesar de não ser surpresa, considerando a nota perfeita que ele tirou nos SATs) era uma grande coisa para ela.

— Já liguei para o seu pai — disse ela. — Vamos jantar no Mastriani's, comer lagosta.

— Legal — respondi. — Posso chamar Ruth?

Minha mãe fez um gesto com a mão.

— Claro, por que não? Quando saímos para um jantar familiar sem levar Ruth junto? — Ela estava sendo sarcástica, mas era brincadeira. Minha mãe gosta de Ruth. Eu acho. — Michael, será que tem alguém que você queira convidar?

Do jeito que ela disse "alguém", dava para saber que minha mãe, é claro, queria dizer uma garota. Mas Mike só gostou de uma garota a vida inteira: Claire Lippman, que mora duas casas depois da nossa. E Claire Lippman, que é um ano mais nova do que Mike e um ano mais velha do que eu, mal percebe que Mike está vivo. Está ocupada demais estrelando todas as peças e musicais da escola para prestar atenção no vizinho formando nerd que a espia toda vez que ela deita no telhado da garagem de biquíni, o que faz todos os dias sem falta começando no primeiro dia de férias de verão. Ela não sai de lá até o recomeço das aulas, a não ser que um cara bonito venha de carro convidá-la para ir nadar em um dos lagos.

Claire ou é uma escrava dos raios ultravioleta ou uma exibicionista total. Ainda não descobri qual dos dois.

De qualquer modo, não havia a menor chance de meu irmão convidar "alguém" para ir jantar conosco, já que Claire Lippman provavelmente diria "E você é...?" caso ele tivesse coragem de falar com ela.

— Não — respondeu Mike, constrangido. Ele estava ficando vermelho-vivo, e só tinha eu e minha mãe ali. Dá para imaginar como seria se Claire Lippman estivesse presente? — Não tem ninguém que eu queira convidar.

— Um coração covarde nunca conquistou uma bela dama — disse minha mãe. Ela, além de frequentemente falar com sotaque francês falso, também sai citando Shakespeare e operetas de Gilbert e Sullivan.

Pensando bem, talvez ela não seja muito parecida com as mães dos outros, afinal.

— Entendi, mãe — disse Mike, trincando os dentes. — Hoje não, tá?

Minha mãe deu de ombros.

— Tudo bem. Jessica, se você vai, deixe-me avisá-la de que você não vai usando *isso*. — *Isso* era o que uso normalmente: camiseta, jeans e meu tênis Puma. — Vá colocar o vestido de algodão azul que fiz na Páscoa.

Tudo bem. Minha mãe tem uma mania de nos fazer roupas iguais. Não estou brincando. Era bonitinho quando eu tinha 6 anos mas, aos 16, tenho que dizer, não há nada de bonitinho em usar um vestido feito em casa que é igual ao da sua mãe. Principalmente porque todos os vestidos que minha mãe faz parecem do século XIX.

Você pode pensar que, já que tenho tanta facilidade para ir até jogadores de futebol americano e socá-los no pescoço, eu não teria problema algum em dizer à minha mãe para parar de me obrigar a usar roupas iguais às dela. Você pode pensar isso.

Por outro lado, se seu pai tivesse prometido que, se você usasse esses vestidos sem reclamar, ele lhe compraria uma Harley quando você fizesse 18 anos, você obedeceria também.

— Tá bom — falei, e saí andando para a escada dos fundos, que costumava ser a escada dos empregados na virada do século (quero dizer, do século XIX para o XX), quando nossa casa foi construída. — Vou contar a Douglas.

— Ah — ouvi minha mãe dizer. — Jess?

Mas fui em frente. Eu sabia o que ela ia dizer para não incomodar Douglas. Era o que minha mãe sempre dizia.

Na verdade, gosto de incomodar Douglas. Além disso, perguntei ao Sr. Goodhart sobre isso, e ele disse que provavelmente é uma coisa boa incomodar Douglas. Então eu o incomodo muito. Vou até a porta do quarto dele, que tem um grande aviso de *Não Entre* pendurado, e bato nela com muita força. Depois grito: "Doug! Sou eu, Jess!"

E então entro. Douglas não pode mais trancar a porta do quarto. Não desde que meu pai e eu tivemos que derrubá-la no natal passado.

Douglas estava deitado na cama, lendo um quadrinho. Tinha um viking na capa e uma garota peituda. A única coisa que Douglas faz desde que voltou da faculdade é ler quadrinhos. E, em todas as histórias em quadrinhos, as garotas são peitudas.

— Adivinha — falei, me sentando na cama dele.

— Mikey passou para Harvard — disse Douglas. — Já soube. Acho que a vizinhança toda já deve saber.

— Não — respondi. — Não é isso.

Ele me olhou por cima da revista em quadrinhos.

— Sei que mamãe pensa que vai levar nós todos pro Mastriani's pra comemorar, mas eu não vou. Ela vai ter que aprender a conviver com decepções. E é melhor você manter suas mãos longe de mim. Não vou, e não importa com que força você me bata. E dessa vez, pode ser que eu bata de volta.

— Também não é isso — repeti. — E eu não estava planejando bater em você. Muito.

— O que é então?

Dei de ombros.

— Fui atingida por um raio.

Douglas voltou para os quadrinhos.

— Certo. Feche a porta quando sair.

— Estou falando sério — insisti. — Ruth e eu estávamos esperando que a tempestade passasse debaixo das arquibancadas da escola...

— Aquelas arquibancadas — disse Douglas, voltando a olhar para mim — são feitas de metal.

— Pois é. E eu estava apoiada em um dos suportes, e o raio atingiu a arquibancada, e quando vi eu estava a um metro e meio de onde estava antes, com meu corpo inteiro formigando e...

— Mentira — disse Douglas. Mas ele se sentou. — Isso é mentira, Jess.

— Juro que é verdade. Pode perguntar a Ruth.

— Você não foi atingida por um raio — disse Douglas. — Você não estaria sentada aqui, falando comigo, se tivesse sido atingida por um raio.

— Douglas, estou dizendo, é verdade.

— Onde está o ferimento de entrada então? — Douglas esticou a mão, segurou minha mão direita e virou-a. — E o ferimento de saída? O relâmpago teria entrado por um lugar e saído por outro. E haveria uma cicatriz em forma de estrela nos dois lugares.

Enquanto falava, soltou minha mão direita e pegou a esquerda e virou-a também. Mas não havia uma cicatriz em forma de estrela em nenhuma das duas palmas.

— Tá vendo? — Ele soltou minha mão com desdém. Douglas sabe sobre coisas assim porque a única coisa que faz é ler, e às vezes ele lê livros de verdade em vez de quadrinhos. — Você não foi atingida por um raio. Não saia dizendo coisas assim, Jess. Sabe, raios matam centenas de pessoas por ano. Se você tivesse sido atingida, certamente estaria no mínimo em coma.

Ele se recostou e pegou a revista em quadrinhos de novo.

— Agora saia daqui — disse, me empurrando com o pé. — Estou ocupado.

Suspirei e fiquei de pé.

— Tudo bem — respondi. — Mas você vai se arrepender. Mamãe disse que vamos comer lagosta.

— Comemos lagosta na noite em que recebi minha carta de aprovação para a State — disse Douglas para a revista em quadrinhos — e veja onde isso foi dar.

Estiquei a mão, peguei o dedão do pé dele e apertei.

— Tudo bem, bebezão. Fique aí deitado como um troço qualquer, com o capitão Lars e Helga, a beleza peituda.

Douglas abaixou revista em quadrinhos para olhar para mim.

— O nome dela é Oona.

Então se escondeu de volta atrás da revista.

Saí do quarto, fechei a porta e subi para o meu quarto.

Não estou muito preocupada com Douglas. Sei que deveria estar, mas não estou. Provavelmente sou a única pessoa na minha família que não está, exceto talvez meu pai. Douglas sempre foi esquisito. Parece que passei minha vida inteira batendo em pessoas que chamaram meu irmão de retardado, debiloide ou anormal. Não sei por que, mas mesmo que na maioria das vezes eu fosse menor do que eles, sempre me senti obrigada a dar um soco nas caras dos idiotas que insultavam meu irmão.

Isso deixa minha mãe louca, mas meu pai, não. Ele só me ensinou a dar socos com mais eficiência, ao me aconselhar a manter o polegar do lado de fora do punho fechado. Quando eu era bem pequena, costumava dar socos com o polegar dentro do punho fechado. Consequentemente, acabei machucando meu polegar várias vezes.

Douglas ficava com raiva quando eu entrava em brigas por causa dele, então depois de um tempo, aprendi a fazer isso escondida. E acho que devia mesmo ser meio humilhante ter uma irmãzinha saindo por aí batendo em todo mundo por sua causa, mas acho que isso não contribuiu para o que aconteceu a Douglas depois. Vocês sabem, no Natal passado, quando ele tentou se matar. Quero dizer, ninguém tenta se matar porque a irmãzinha entrava em brigas por sua causa quando era criança.

Ou tenta?

Pois bem, quando cheguei ao meu quarto, liguei para Ruth e a convidei para ir jantar conosco. Eu sabia que, apesar de hoje ser o primeiro dia de mais uma das suas dietas, graças a Jeff Day, Ruth não ia conseguir resistir. Não só íamos comer lagosta, mas era por causa de Michael. Ruth tenta fingir que não gosta de Michael, mas cá entre nós, a garota é louca por ele. Não me perguntem por quê. Meu irmão não é nada de mais, acreditem.

E, exatamente como eu sabia que ela faria, ela disse:

— Bem, eu não deveria ir. Lagosta engorda demais... Bem, não a lagosta em si, mas aquela manteiga toda... Mas acho que *é* uma ocasião especial, com Michael indo para Harvard e tudo mais. Acho que eu devia ir. Tudo bem, eu vou.

— Vem pra cá — chamei. — Mas me dê dez minutos. Preciso trocar de roupa.

— Espere aí — falou Ruth, desconfiada. — Sua mãe não vai fazer você vestir uma daquelas roupas gays, vai? — Quando permaneci em silêncio, Ruth disse: — Sabe, acho que uma moto não é o bastante. Seu pai devia comprar pra você a porcaria de um Maserati pelo que essa mulher faz você passar.

Ruth acha que minha mãe é oprimida pela sociedade patriarcal que consiste basicamente em meu pai. Mas isso não é verdade. Meu pai ia amar se minha mãe arrumasse um emprego. Isso evitaria que ficasse obcecada por causa de Douglas. Mas, agora que ele está em casa de novo, ela diz que nem consegue pensar em trabalhar, afinal, quem tomaria conta dele e garantiria que ele mantivesse distância de lâminas na próxima vez?

Falei a Ruth que sim, eu tinha que usar uma das roupas gays da minha mãe, apesar de *gay* ser a palavra errada, já que todos os gays que conheço são estilosos e preferiam cair mortos a usar alguma coisa de algodão estampado, a não ser para o Halloween. Mas esquece. Desliguei e comecei a tirar a roupa. Eu praticamente vivo de jeans e camiseta. No inverno, coloco um suéter, mas falando sério, não me arrumo para ir à escola como algumas garotas fazem. Às vezes nem tomo banho de manhã. Para quê, afinal? Não tem ninguém lá que eu queira impressionar.

Bem, pelo menos não *tinha*, até que Rob Wilkins me perguntou se eu queria carona para casa. Agora *isso* pode fazer valer a pena secar o cabelo com secador.

Só que, é claro, eu não podia deixar que Ruth soubesse, embora ela fosse perceber no momento em que parasse para me pegar. Perguntaria: "Passou muita musse?"

Mas provavelmente aprovaria — pelo menos até descobrir por quem eu tinha passado musse no cabelo.

Pois bem, quando eu estava tirando a roupa, me ocorreu que talvez Douglas estivesse errado. Talvez houvesse uma cicatriz em forma de estrela em alguma outra parte do meu corpo, não necessariamente nas palmas das minhas mãos. Talvez na sola dos meus pés ou coisa assim.

Mas quando olhei, as solas dos meus pés estavam apenas rosadas, como sempre. Nada de cicatrizes. Nem mesmo pedaços de linha da meia entre os dedos dos pés.

Era estranho Rob Wilkins me perguntar se eu queria carona daquele jeito. Quero dizer, eu mal conheço o cara. Cumprimos detenção juntos e só. Bem, isso não é totalmente verdade. No semestre passado, ele fez aula de Saúde comigo. Vocês sabem; a aula do técnico Albright. O normal é fazer essa aula no segundo ano, mas por alguma razão — certo, provavelmente porque ele não passou da primeira vez — Rob estava fazendo no último. Ele sentava atrás de mim e ficava quieto a maior parte do tempo. De vez em quando conversava com o cara que sentava atrás dele, que também era caipira. Eu escutava, é claro. As conversas costumavam ser sobre bandas — bandas caipiras, em geral de heavy metal ou country — ou sobre carros.

Às vezes eu não conseguia não me meter. Como na vez em que eu disse que achava que Steven Tyler não era um gênio musical. O artista anteriormente conhecido como Prince era o único músico vivo que eu chamaria de gênio. E depois, por aproximadamente uma semana, nós meio que dissecamos as letras de ambos, e Rob acabou concordando comigo.

E uma vez Rob estava falando de motos, e o cara atrás dele estava falando maravilhas das Kawasaki, e eu falei: "Você pirou? Sou americana até o fim." E Rob bateu na minha mão, concordando.

O técnico Albright não ficava muito na sala de aula. Emergências de futebol viviam acontecendo, o que o fazia nos deixar trabalhando nas perguntas no final do capítulo. Vocês sabem qual é o tipo de pergunta. O baço executa que função? Um homem adulto gera qual quantidade de esperma por dia? Era o tipo de pergunta cujas respostas instantaneamente esquecemos assim que passamos na matéria.

Decidi que, para ir à escola no dia seguinte, eu talvez usasse uma camisa da Gap que Douglas me deu de Natal. Nunca a usei para ir à escola porque tem decote. Não é exatamente o tipo de coisa que se quer usar quando se vai derrubar um jogador de futebol americano.

Mas, afinal, se é isso que é preciso para conquistar uma carona naquela Indian…

Só quando eu estava abotoando meu horrendo vestido lilás e olhei para o reflexo no espelho foi que vi: havia uma marca vermelha do tamanho de um punho fechado no meio do meu tórax. Não doía nem nada. Parecia uma alergia repentina. Como se alguém tivesse colocado um marisco estragado no meio da minha comida.

Do centro da marca vermelha irradiavam algumas ramificações. Na verdade, olhando no espelho, vi que a coisa toda era...

Bem, era meio que no formato de uma estrela.

Capítulo 4

— Estou dizendo, não tem outra. Só essa — disse Ruth.

— Tem certeza?

Eu estava de pé, completamente nua, no meio do meu quarto. Isso foi depois do jantar, que imagino que estava delicioso. Eu não tinha como saber, já que não consegui comer nada pelo nervosismo de ter sido atingida por um raio. De verdade. A queimadura em forma de estrela provava. Era o ferimento de entrada do qual Douglas tinha falado.

O único problema era que eu não conseguia achar um ferimento de saída. Fiz Ruth ir até minha casa depois do jantar e me ajudar a procurar, mas ela não estava ajudando muito.

— Eu não fazia ideia — disse ela da minha cama, onde folheava um exemplar de *Critical Theory Since Plato* (uma leitura leve) — de que seus seios tinham crescido.

Estou falando sério. Você não usa mais sutiã de tamanho pequeno. Quando isso aconteceu?

— Ruth — reclamei —, e nas minhas costas? Veja se tem uma nas minhas costas.

— Não. Que tamanho você usa agora, médio?

— Como eu vou saber? Você sabe que não uso sutiã. E na minha bunda? Tem alguma coisa na minha bunda?

— Não. Existe algum tamanho entre médio e grande? Porque acho que esse é seu tamanho agora. E você devia começar a usar sutiã, sabe. Eles podem começar a ficar molengos, como os daquelas mulheres do *National Geographic*.

— Você — comecei, virando-me para ela — não ajuda em nada.

— Ué, o que você espera que eu faça, Jess? — Ruth voltou a olhar para o livro, mal-humorada. — É meio esquisito quando a melhor amiga da gente pede pra gente verificar seu corpo em busca de ferimentos de entrada e saída, você não acha? Quero dizer, é meio *gay*.

— Não quero que você passe a mão em mim, idiota. Só queria que você me dissesse se vê um ferimento — falei. Vesti um moletom. — Pode parar de se preocupar.

— Não acredito — disse Ruth, me ignorando — que Michael vai para Harvard. Estamos falando de *Harvard*. Ele é tão inteligente. Como alguém tão inteligente pode ficar a fim de Claire Lippman?

Enfiei o casaco de moletom pela cabeça.

— Claire não é tão ruim — respondi.

Eu a conhecia bem, da detenção. Não que ela ficasse na detenção, mas a detenção acontecia no auditório, e Claire sempre era a atriz principal em qualquer peça que o clube de teatro estivesse montando. Por isso vi a maior parte dos ensaios dela, quando fez Emily em *Nossa cidade*, Maria em *West Side Story* e, é claro, Julieta em *Romeu e Julieta*.

— Ela é uma ótima atriz — completei.

— Duvido muito — disse Ruth— que Michael a admire pelo *talento* dela.

Ruth sempre chama Mike de Michael, apesar de todo mundo chamá-lo de Mike. Ela diz que Mike é nome de caipira.

— Bem — argumentei —, você tem que admitir: ela fica bem de biquíni.

Ruth riu, debochada.

— Aquela piranha. Não acredito que ela faz isso. Todo verão. Era diferente antes de ela chegar à puberdade. Mas agora... O que está tentando fazer, provocar um acidente de carro?

— Estou com fome — falei, porque estava mesmo. — Quer alguma coisa?

— Não estou surpresa — disse Ruth. — Você mal tocou na lagosta.

— Eu estava empolgada demais pra comer naquela hora. Pense bem. Fui eletrocutada hoje.

— Seria bem melhor — disse Ruth, olhando para o livro — se você fosse a um médico. Você pode estar tendo hemorragia interna, sabia?

— Vou descer. Quer alguma coisa? — perguntei de novo.

Ela bocejou.

—Não. Tenho que ir. Só vou dar uma parada no quarto de Michael pra dar parabéns mais uma vez e boa-noite.

Achei que seria melhor deixar os dois sozinhos, caso houvesse um interlúdio romântico, então desci para procurar comida. As chances de Mikey até mesmo olhar duas vezes na direção de Ruth são nulas, mas a esperança é a última que morre, mesmo no coração de uma garota gorda. Não que Ruth seja gorda: ela só tem o dobro do tamanho de Claire Lippman. Não que Claire Lippman seja esquelética, ela é até bem saudável, mas os garotos parecem gostar disso, pelo que percebi. Nas revistas, dizem que se você não é como Kate Moss, está acabada, mas, na vida real, os garotos (como meus irmãos) não olhariam duas vezes para Kate Moss. Mas, por Claire Lippman, que deve ter de medidas 90, 60 e 90 centímetros, eles babam. Acho que isso depende muito da imagem que você projeta de si mesmo, e Claire Lippman projeta uma imagem sensacional, entendem?

Ruth, por outro lado, não projeta uma imagem de confiança. O problema de Ruth é que ela é simplesmente uma garota grande. Todas as dietas radicais do mundo não vão mudar isso. Ela só precisa aceitar isso e se aceitar, e ficar calma. Assim ela vai arrumar um namorado com certeza.

Mas provavelmente não o Mike.

Eu estava pensando sobre como os corpos são coisas esquisitas enquanto me servia de uma tigela de cereal.

Perguntei-me se a cicatriz em forma de estrela ia ficar no meu peito para sempre. Afinal, quem precisa disso? E onde estava o ferimento de saída?

Talvez, pensei quando pus o leite sobre meu cereal com passas, o raio ainda estivesse dentro de mim. Isso seria estranho, não é? Talvez eu estivesse andando por aí enquanto ele zunia aqui dentro. E talvez, como Ruth disse, eu pudesse soltar raios nas pessoas. Em Jeff Day, por exemplo. Ele merecia demais. Pensei em soltar raios e relâmpagos em Jeff Day enquanto lia a parte de trás da caixa de leite. Cara, isso ia atrapalhar a carreira dele no futebol americano.

Quando subi de novo, Ruth tinha ido embora. A porta do quarto de Mike estava fechada, mas eu sabia que ela não estava lá dentro, porque o ouvi digitando furiosamente no computador. Provavelmente mandando e-mails pros amigos nerds da internet. "Ei, caras, passei pra Harvard! Que nem o Bill Gates."

Só que talvez, ao contrário de Bill Gates, Mike iria se formar mesmo. Não que isso fizesse diferença, ao menos no caso de Bill.

A porta do quarto de Douglas estava fechada também, e não havia luz passando por debaixo dela, mas isso não me impediu. Douglas estava na janela, com um par de binóculos, quando entrei de repente.

Ele se virou e falou:

— Um dia desses, você vai entrar e vai acabar vendo uma coisa que não queria ver.

— Já vi — falei. — Mamãe nos fazia tomar banho juntos quando éramos pequenos, lembra?

— Vá embora. Estou ocupado — disse ele.

— O que você está olhando, afinal? — perguntei, me sentando na cama dele no escuro. O quarto de Douglas tinha cheiro de Douglas. Não era um cheiro ruim, na verdade. Só um cheiro de garotos. Como tênis velho misturado com colônia. — Claire Lippman?

— Orion — disse ele, mas eu sabia que era mentira. O quarto do Doug tinha uma vista direta do de Claire, duas casas depois. Claire, sendo uma exibicionista nata, nunca fecha a cortina. Acho até que nem tem cortina no quarto dela.

Mas eu não me importava que Douglas a espionasse, mesmo sabendo que era machismo e uma violação do direito de privacidade dela e tal. Significava que meu irmão era normal. Bom, pelo menos para os parâmetros dele.

— Não querendo arrancar você da sua amada — brinquei —, mas encontrei um ferimento de entrada.

— Ela não é minha amada — disse Douglas. — Apenas o objeto do meu desejo.

— Não importa — respondi. Puxei a gola do moletom. — Dá uma olhada nisso.

Ele ligou o abajur de leitura e o girou na minha direção. Quando viu a cicatriz, ficou muito quieto.

— Meu Deus — disse, depois de um tempo.

— Eu falei — impliquei.

— Meu Deus — repetiu ele.

— Não tem ferimento de saída — continuei. — Fiz Ruth me olhar toda. Nada. Você acha que o raio ainda está dentro de mim?

— Um raio não fica dentro de uma pessoa, Jess. Talvez esse seja o ferimento de saída e o raio tenha entrado pelo topo da sua cabeça. Só que isso não é possível — ele disse para si mesmo, acho —, porque aí o cabelo estaria queimado.

No entanto, era possível que ele não estivesse falando consigo mesmo. Ele podia estar falando com as vozes. Ele ouve vozes às vezes. Foram elas que mandaram ele se matar no Natal passado.

— Então — disse, colocando meu moletom no lugar. — É isso. Eu só queria mostrar pra você.

— Espere um pouco. — Eu tinha me levantado, mas Douglas me puxou de volta para a cama. — Jess, você foi *mesmo* atingida por um raio?

— *Fui* — insisti. — Eu *disse* que fui.

Douglas estava sério. Mas, pra ser sincera, Douglas estava sempre sério.

— Você devia contar pro papai.

— De jeito nenhum.

— Estou falando sério, Jess. Vá contar pro papai agora. Pra mamãe, não. Só pro papai.

— Ah, Douglas...

— Agora. — Ele me puxou para ficar de pé e me empurrou em direção à porta. — Ou você vai, ou eu vou.

— Ah, droga — reclamei.

Mas ele começou a fazer uma cara esquisita, uma careta meio esnobe. Então me arrastei lá para baixo e encontrei meu pai onde ele costumava ficar quando não estava em um dos restaurantes: na mesa de jantar, verificando os livros de contabilidade, com a TV da cozinha ligada no canal de esportes. Não dava para ele ver a TV de onde estava sentado, mas dava para ouvir. Apesar de ele parecer estar totalmente absorto nos números na frente dele, se alguém mudasse o canal, ele tinha um treco.

— O quê? — perguntou assim que eu entrei, mas não de uma maneira antipática.

— Oi, pai — cumprimentei. — Douglas falou que eu tenho que contar pra você que fui atingida por um raio hoje.

Meu pai levantou a cabeça. E olhou para mim por cima das lentes dos óculos de leitura.

— Douglas está tendo um episódio? — perguntou ele. É assim que os psiquiatras chamam quando as vozes de Douglas o dominam: um episódio.

— Não — insisti. — É verdade mesmo. Fui mesmo atingida por um raio hoje.

Ele olhou para mim mais um pouco.

— Por que não mencionou isso no jantar?

— Ah, você sabe, era uma comemoração. Mas Douglas disse que eu tinha que contar pra você. Ruth também. Ela disse que posso ter um ataque cardíaco enquanto durmo. Olha só.

Estiquei a gola do meu moletom de novo. Não tinha problema, porque a cicatriz estava bem acima dos meus peitos, na altura da clavícula. Meu pai age meio esquisito em relação aos meus peitos, desde que eles surgiram. Acho que ele tem medo de eles atrapalharem meu equilíbrio quando eu for dar um gancho de direita em alguém.

Ele olhou para a cicatriz e falou:

— Você e Skip andaram brincando com bombinhas de novo?

Acho que já mencionei que Skip é o irmão gêmeo de Ruth. Nós dois tínhamos uma quedinha por fogos de artifício.

— Não, pai — respondi. — Caramba. Já passei dessa fase há séculos. — Sem mencionar Skip. — Isso é do raio.

Contei para ele o que aconteceu. Ele ouviu com uma expressão bem séria. Depois, falou:

— Eu não me preocuparia com isso.

Era o que ele sempre dizia quando eu acordava no que parecia ser o meio da noite (mas que devia ser por volta das 23h) quando era pequena e dizia que minha perna ou meu braço ou meu pescoço estava doendo.

"Dores de crescimento", ele dizia, e me dava um copo de leite. "Eu não me preocuparia com isso."

— Tudo bem — falei. Fiquei tão aliviada quanto eu ficava naquela época, quando era pequena. — Só achei que devia contar pra você. Caso eu não acorde amanhã de manhã.

— Se você não acordar amanhã de manhã, sua mãe vai matar você. Agora vá para a cama. E se eu ouvir mais alguma coisa sobre você se abrigar debaixo de coisas metálicas de novo durante uma tempestade, vou lhe dar uma surra.

Ele não estava falando sério, é claro. Meu pai não acredita em palmadas. Isso é porque o irmão mais velho dele, Rick, costumava enchê-lo de pancadas, segundo minha mãe. E é por isso que nunca vamos visitar o tio Rick. Acho também que foi por isso que meu pai me ensinou a dar socos. Meu pai acha que temos que aprender a nos defender de todos os tios Rick do mundo.

Subi de novo e pratiquei com a flauta por uma hora. Sempre tento tocar o melhor que consigo quando ensaio, desde que, em uma certa manhã, quando Ruth ainda não tinha comprado o carro, e íamos de ônibus para a escola, Claire Lippman me viu com o estojo da flauta e disse: "Ah, é você", com um tom estranho. Quando perguntei o que queria dizer, ela respondeu: "Ah, nada. É que todo dia ouvimos alguém tocando flauta por volta das 22h, mas não sabíamos quem era." Aí eu fiquei completamente humilhada e muito vermelha, coisa que ela deve ter percebido, já que falou, supersimpática (Claire, apesar de ser exibicionista, é bem legal): "Não, não é ruim. Eu gosto. É como se tivesse um show de graça toda noite."

De qualquer modo, depois que ouvi isso, comecei a tratar minha hora de ensaio como um show. Primeiro faço o aquecimento com a escala musical, mas faço isso bem rápido para acabar logo, e com um tom meio de jazz, para não ser tão chato. Depois trabalho no que estivermos fazendo na orquestra, mas em marcha acelerada, também para acabar logo. Depois toco umas músicas medievais legais que descobri na minha última visita à biblioteca, umas versões bem antigas de *Greensleeves* e umas coisas celtas. Depois, quando estou totalmente aquecida, toco um pouco de Billy Joel, o favorito de Douglas, se bem que ele negaria se alguém perguntasse. Depois toco um pouco de Gershwin e termino com Bach, porque quem não ama Bach?

Às vezes Ruth e eu ensaiamos juntas, tocando as poucas músicas que descobri para flauta e violoncelo. Mas não ensaiamos no mesmo lugar. O que fazemos é abrir as janelas dos quartos e tocar cada uma do seu, como um pequeno miniconcerto para a vizinhança. É bem legal. Ruth diz que, se algum maestro passasse por nossas casas, ele diria: "Quem são esses músicos incríveis? Preciso deles na minha orquestra imediatamente!" Acho que ela está certa.

Mas eu toco muito melhor em casa do que na escola. Se tocasse tão bem assim na escola, certamente teria a primeira cadeira em vez de a terceira. Mas erro bastante na escola de propósito, porque, francamente, não quero a primeira cadeira. É muita pressão. Já sofro bastante do jeito que as coisas são por causa das pessoas que me desafiam para tentar ficar com a terceira cadeira.

Karen Sue Hanky, por exemplo. Ela tem a quarta cadeira. Já me desafiou dez vezes só esse ano. Se você não gosta da sua cadeira, pode desafiar a pessoa da cadeira à frente da sua, e ir subindo se vencer. Karen Sue começou na nona cadeira, e foi desafiando e vencendo até chegar à quarta. Mas agora está presa na quarta o ano todo, porque de jeito nenhum vou deixar ela vencer. Gosto da terceira cadeira. Sempre fiquei com a terceira cadeira. Terceira cadeira, terceira filha. Entendeu? Sinto-me à vontade sendo a terceira.

Mas de modo algum vou ser a quarta. Então, toda vez que Karen Sue me desafia, toco o melhor que consigo, como faço em casa. Nosso maestro, Sr. Vine, sempre me dá um sermão depois, quando Karen Sue sai bufando, porque eu sempre ganho. Aí o Sr. Vine começa: "Sabe, Jessica, você poderia ser a primeira se desafiasse Audrey. Você podia dar um banho em Audrey se ao menos tentasse."

Mas não tenho desejo algum de dar um banho em alguém. Não quero a primeira cadeira, nem a segunda.

Mas não deixo que ninguém tire a terceira cadeira de mim, mesmo.

De qualquer modo, quando acabei o ensaio, tomei um banho e fui para a cama. Mas, antes de apagar a luz, apalpei o lugar no meu peito onde estava a cicatriz. Não dava para sentir nada. Não era alta nem nada assim. Mas eu ainda consegui vê-la quando olhei no espelho ao sair do chuveiro. Eu tinha esperança de que não estivesse mais lá no dia seguinte. Senão, como eu poderia vestir minha blusa decotada?

Capítulo 5

Quando acordei na manhã seguinte, imediatamente soube de duas coisas. Uma, que não tinha morrido de ataque cardíaco na noite que passou. Outra, que Sean Patrick O'Hanahan estava em Paoli, e Olivia Maria D'Amato, em New Jersey.

São três coisas, eu acho. Mas as duas últimas eram totalmente aleatórias. Quem diabos era Sean Patrick O'Hanahan, e como eu sabia que ele estava em Paoli? Idem sobre Olivia Marie D'Amato.

Sonhos loucos. Eu tinha tido uns sonhos muito loucos, era só isso. Levantei-me e tomei outro banho, já que a marca ainda estava lá e eu não ia poder usar a blusa decotada. Decidi então sair de cabelos limpos. Quem sabe? Talvez Rob Wilkins me oferecesse outra carona, e quando estivéssemos parados no sinal, ele virasse a cabeça e me cheirasse.

Podia acontecer.

Foi só quando eu estava tomando o café da manhã que me dei conta de quem eram Sean Patrick O'Hanahan e Olivia Marie D'Amato. Eram as crianças na parte de trás da caixa de leite. Você sabe, as crianças desaparecidas. Só que não estavam desaparecidas. Não mais. Porque eu sabia onde elas estavam.

— Você não acha que vai mesmo usar esse jeans para ir à escola, acha, Jessica?

Minha mãe estava bem desapontada com minha roupa, que eu tinha planejado cuidadosamente tendo Rob Wilkins em mente.

— É mesmo — disse Mike. — O que você está pensando? Que estamos nos anos 1980?

— Como se você entendesse alguma coisa de moda, garoto da ciência. Onde está seu protetor de bolso, hein? — falei.

— Você não pode usar esse jeans para ir à escola, Jessica — disse minha mãe. — Vai envergonhar a família.

— Não tem nada de errado com meu jeans — respondi.

Na caixa de leite havia um número para o qual as pessoas tinham que ligar se soubessem onde Sean Patrick O'Hanahan ou Olivia Maria D'Amato estavam. Não estou brincando.

— Os joelhos estão puídos — prosseguiu minha mãe. — Tem um buraco começando a aparecer na virilha. Você não pode usar esse jeans. Está se desmanchando.

Essa era a ideia. Eu não podia expor a parte do decote, então decidi mostrar meus joelhos. Tenho joelhos bem bonitos. Então, quando eu estivesse sentada atrás de Rob na moto dele, ele olharia para baixo e veria joelhos muito sexies aparecendo no buraco do jeans. Até depilei a perna. Estava prontíssima.

A única coisa que eu ainda não sabia era como ia conseguir uma carona para casa se ele não oferecesse. Ia ter que ligar para Ruth, acho. Mas Ruth ficaria furiosa comigo se eu pedisse que ela não fosse me buscar. Provavelmente ia dizer: "Por quê? Você vai pra casa com quem? Não com aquele caipira, espero."

Ser melhor amiga de alguém como Ruth é difícil às vezes.

— Suba e troque de roupa, mocinha — disse minha mãe.

— De jeito nenhum. — Minha boca estava cheia de cereal.

— Como assim, de jeito nenhum? Você não pode ir para a escola vestida assim.

— Espere pra ver — disse eu.

Meu pai entrou naquele momento. Minha mãe reclamou:

— Joe, olha só o que ela está vestindo.

— O quê? — retruquei. — É só uma calça jeans!

Meu pai olhou para o meu jeans. Depois olhou para minha mãe.

— É só uma calça jeans, Toni — disse ele.

O nome da minha mãe é Antonia. Todo mundo a chama de Toni.

— É um jeans de vagabunda — disse minha mãe. — Ela está usando um jeans de vagabunda. É porque ela lê aquela revista de vagabunda. — É assim que minha mãe chama a revista *Cosmo*. De certa forma, é mesmo uma revista de vagabunda, mas ainda assim...

— Ela não parece uma vagabunda — disse meu pai. — Só parece o que ela é mesmo.

Todos nós olhamos para ele com curiosidade, querendo saber *o que* eu era. Ele continuou:

— Vocês sabem. Uma moleca.

Felizmente, naquele momento Ruth buzinou lá fora.

— Tudo bem — falei, ficando de pé. — Preciso ir.

— Não com essa calça, não mesmo — insistiu minha mãe.

Peguei minha flauta e minha mochila.

— Tchauzinho — falei e saí pela porta dos fundos.

Corri até a frente da casa para encontrar Ruth, que estava esperando na rua, dentro do carro. Estava uma manhã bonita, então a capota estava abaixada.

— Jeans legal — disse ela, sarcástica, quando subi no banco do carona.

— Só dirija — falei.

— É sério — disse ela, mudando a marcha. — Você não parece Jennifer Beals nem nada. Por acaso você é soldadora durante o dia e stripper à noite?

— Sou — respondi. — Mas estou economizando todo o meu dinheiro para pagar meu curso de balé.

Estávamos quase chegando à escola quando Ruth perguntou, de repente:

— Ei, o que há com você? Não fica silenciosa assim desde que Douglas tentou... você sabe.

Eu me sacudi. Não tinha me dado conta de que estava voando, mas era exatamente o que eu estava fazendo. O problema era que eu não conseguia tirar a imagem de Sean Patrick O'Hanahan da minha cabeça. Ele estava mais velho no meu sonho do que na foto da caixa de leite. Talvez ele fosse um desses meninos que foram sequestrados há tanto tempo que nem se lembrava da família verdadeira.

Por outro lado, talvez só tivesse sido um sonho.

— Hã? — disse eu. — Não sei. Só estava pensando, só isso.

— Isso é novidade — disse Ruth. Ela entrou no estacionamento dos alunos. — Você quer ir andando pra casa hoje de novo? Peço pro Skip me deixar aqui de novo às 16h, quando você sai da detenção. Sabe, me pesei essa manhã e já perdi meio quilo.

Acho que ela provavelmente perdeu meio quilo por não comer o jantar na noite anterior, ocupada demais em olhar para Mike com olhos sonhadores para ingerir alguma coisa. Mas tudo que eu disse foi:

— Claro, tudo bem. Só que...

— Só que o quê?

— Bem, você sabe o que sinto por motos.

Ruth olhou para o céu.

— Não Rob Wilkins de novo.

— Sim, Rob Wilkins de novo. Não consigo evitar, Ruth. Ele tem aquela enorme...

— Não quero ouvir — disse Ruth, erguendo a mão.

— ... Indian — concluí. — O que você achou que eu ia dizer?

— Não sei. — Ruth apertou um botão e a capota começou a subir. — Alguns daqueles caipiras usam jeans bem apertados.

— Que horror — falei, como se eu nunca tivesse reparado. — Sério, Ruth.

Ela tirou o cinto de segurança com precisão.

— Bem, eu não sou cega nem nada.

— Olhe só — disse eu. — Se ele me oferecer uma carona, vou aceitar.

— A vida é sua — disse Ruth. — Mas não espere que eu fique sentada ao lado do telefone esperando você ligar se isso não acontecer.

— Se ele não oferecer — respondi —, eu ligo pra minha mãe.

— Ótimo — disse Ruth. Ela parecia furiosa.

— O quê?

— Nada — disse ela.

— Não, não é nada. Qual é o problema?

— Não tem problema nenhum. — Ruth saiu do carro. — Meu Deus, você é tão esquisita.

Ruth sempre me chamava de esquisita, então eu não me ofendia. Acho que ela nem quer dizer mais nada com isso. Nada de mais, pelo menos.

Saí do carro também. O dia estava lindo, o céu bem azul acima, a temperatura por volta de 16 graus, e só eram 8h da manhã. A tarde provavelmente seria quente.

Não era o tipo de dia para se passar dentro de um lugar fechado. Era o dia perfeito para andar em um conversível... ou, melhor ainda, na garupa de uma moto.

Isso me fez lembrar. Paoli só ficava a uns 30 quilômetros de onde eu estava. Era a cidade seguinte, na verdade. Eu não conseguia não imaginar o que Ruth (ou Rob Wilkins) acharia de fazer uma viagenzinha até lá depois da detenção. Só para dar uma olhada. Eu não contaria a nenhum deles sobre o meu sonho. Mas tinha quase certeza de que sabia exatamente onde ficava aquela casinha de tijolo... apesar de eu ter certeza de nunca ter estado lá antes também.

E essa era a razão principal, na verdade, de eu querer ir ver. Afinal, quem sai por aí tendo sonhos sobre crianças da parte de trás da caixa de leite? Não que meus sonhos comuns sejam muito emocionantes. São apenas os sonhos tradicionais, sobre chegar à escola pelada ou agarrar Brendan Fraser.

— *Olá?*

Pisquei. Ruth estava de pé na minha frente, balançando a mão bem na frente do meu rosto.

— Meu Deus — disse ela, abaixando a mão. — Qual é o problema com você? Tem certeza de que está bem?

— Estou ótima — respondi automaticamente.

E a coisa engraçada era que eu realmente achava que estava ótima.

Naquele momento.

Capítulo 6

A detenção na Ernie Pyle High School é tradicionalmente dada ao mais novo integrante do corpo docente. Este ano, era a Srta. Clemmings, a nova professora de arte. Não quero ser sexista, mas eles deviam estar de brincadeira. A Srta. Clemmings é quase menor do que eu, e não deve pesar mais do que eu, uns 45 quilos.

Só que, ao contrário de mim, a Srta. Clemmings não deve ser uma kickboxer experiente, e nem mesmo uma kickboxer de nível básico. Mas lá estava ela, com a missão de impedir que os jogadores de futebol americano gigantescos brigassem entre si. Quero dizer, era ridículo. O técnico Albright, tudo bem. Ele poderia impor algum controle. Mas tudo que a Srta. Clemmings podia fazer era ameaçar denunciar os caras quando eles fizessem alguma coisa. E tudo que acontecia quando eles eram denunciados era que o tempo de detenção aumentava. E aí Srta. Clemmings teria que impedi-los de brigar durante aquele tempo. Era meio idiota.

Então eu não fiquei muito surpresa quando a Srta. Clemmings, no começo da detenção daquele dia, me chamou até a frente do auditório e disse naquela vozinha de menina:

— Jessica, preciso falar com você.

Eu não podia imaginar o que a Srta. Clemmings queria. Ah, tudo bem, vou admitir: parte de mim pensou que ela ia me dispensar pelo resto do semestre, pelo meu bom comportamento. Porque sou mesmo um anjinho... durante a detenção, pelo menos. Isso era mais do que podia ser dito sobre qualquer um dos meus companheiros detentos.

E era sobre isso, de certa forma, que ela queria falar comigo.

— São os W — sussurrou ela.

Olhei para ela sem entender.

— Os W, Srta. Clemmings?

Ela prosseguiu:

— Sim, na fileira de trás.

E então ela apontou para as cadeiras do auditório.

Foi só aí que eu entendi. É claro. Os W. Ficávamos sentados em ordem alfabética na detenção, e os caras na fileira de trás, os W, têm uma tendência para o descontrole. Eles ficaram inquietos nos ensaios de *West Side Story*, barulhentos durante *Romeu e Julieta* e foram muito grosseiros durante *Nossa cidade*. Agora o clube de teatro estava ensaiando *Fim de partida*, e a Srta. Clemmings estava com medo que uma rebelião estourasse.

— Detesto pedir isso a você, Jessica — disse ela, olhando para mim com seus grandes olhos azuis —, mas você é a única garota aqui, e muitas vezes observei que colocar uma forte influência feminina dentro de um grupo predominantemente governado pela testosterona tem uma tendência a espalhar um pouco da...

— Tudo bem — respondi, bem rápido.

A Srta. Clemmings parecia surpresa. Depois, aliviada.

— Sério? Sério mesmo, Jessica? Você não se importa?

Ela estava brincando?

— Não — falei. — Não me importo. Nem um pouco.

— Oh — respondeu ela, colocando uma mão sobre o coração. — Ah, estou tão feliz. Se você puder então, sente-se entre Robert Wilkins e o garoto Wendell...

Eu não podia acreditar. Tem dias que a gente acorda e, tudo bem, talvez tenha tido um sonho bizarro, mas então, de repente, as coisas começam a acontecer a seu favor. Do nada.

Fui até meu lugar na fileira dos M, peguei minha mochila e minha flauta e fui indo pela fileira dos W, até chegar ao assento entre Rob e Hank. Houve muitos assovios quando fiz isso (o bastante para fazer o coordenador de teatro se virar e nos mandar fazer silêncio), e alguns dos caras não encolhiam os pés para me deixar passar. Mas eu fiz com que encolhessem chutando as canelas deles com força. Isso os fez se mexer, rapidinho.

Tínhamos que nos sentar com uma cadeira entre nós, então isso fez com que todo mundo a partir de Rob

Wilkins mudasse de cadeira, mas Rob não pareceu se importar. Ele pegou a jaqueta de couro (ele não tinha mais nada, nem livros, nem mochila, nada, a não ser um livro de espionagem que enfiava no bolso de trás da calça jeans) e se sentou de novo, os olhos azuis em mim enquanto eu colocava minhas coisas debaixo da cadeira.

— Bem-vinda ao inferno — disse ele para mim quando sentei.

Dei meu melhor sorriso. O cara do outro lado dele viu e botou a mão na virilha. Rob percebeu, olhou para ele e disse:

— Você está morto, Wylie.

— Shhh — fez a Srta. Clemmings, batendo as mãos para nós. — Se eu ouvir mais uma palavra aí atrás, todos vocês vão ganhar mais uma semana.

Nós calamos a boca. Peguei meu livro de geometria e comecei a fazer o dever de casa do fim de semana. Tentei não reparar que Rob não estava fazendo nada. Estava apenas sentado lá, vendo o ensaio da peça. O cara à minha esquerda, Hank Wendell, estava fazendo uma bola de futebol americano de papel, usando cuspe em vez de cola para fazer o papel grudar.

Nenhum dos caras na fileira dos W parecia impressionado (ou intimidado) pela minha presença.

Então, de repente, Rob se inclinou e pegou o caderno e a caneta das minhas mãos. Olhou meu dever, assentiu e virou a página. Depois escreveu uma coisa e me passou de volta o caderno e a caneta. Olhei o que ele tinha escrito. Era:

Afinal, você pegou chuva ontem?

Olhei para a Srta. Clemmings. Não sei se podemos ou não passar bilhetes na detenção. Nunca ouvi falar de ninguém ter feito isso antes.

Mas a Srta. Clemmings nem estava prestando atenção. Ela estava assistindo Claire Lippman executar um monólogo chato de dentro de uma grande lata de lixo Rubbermaid.

Escrevi *sim* e passei o caderno de volta para ele.

Não era nada de genial. Mas o que mais eu poderia dizer?

Ele escreveu alguma coisa e me devolveu o caderno. Ele tinha escrito: *Eu disse. Por que não larga a garota gorda e vem dar uma volta comigo depois disso?*

Meu Deus. Ele estava me chamando para sair. De uma certa forma.

E também estava insultando minha melhor amiga.

Você tem algum problema mental, por acaso? Acontece que aquela garota gorda é minha melhor amiga — respondi.

Ele pareceu gostar disso. Escreveu por um longo tempo. Quando peguei o caderno de volta, era isso que ele tinha escrito: *Meu Deus, me desculpe. Eu não fazia ideia de que você era tão sensível. Permita-me reformular. Por que não dispensa sua amiga gravitacionalmente deficiente e vem dar uma volta comigo depois daqui?*

Escrevi: *Hoje é sexta-feira, seu lesado. O que você acha, que não tenho planos? Eu tenho namorado, sabia?*

Achei que a parte do namorado era forçar demais a barra, mas ele pareceu acreditar. Ele escreveu: *É? Aposto que seu namorado não está reconstruindo uma Harley 64 no celeiro.*

Uma Harley 64? Meus dedos tremiam tanto que eu mal conseguia escrever. *Meu namorado não tem celeiro. O pai dele* (já que eu estava inventando um namorado, achei melhor dar uma origem impressionante a ele) *é advogado.*

Rob escreveu: *E daí? Dá um fora nele. Vamos dar uma volta.*

Foi nessa hora que Hank Wendell se inclinou e falou:
— Wylie. Wylie?

Do outro lado de Rob, Greg Wylie se inclinou e falou:
— Chupa isso, Wendell.

— Vocês dois — sibilei por entre dentes —, calem a boca antes que Clemmings olhe pra cá.

Hank jogou a bola de papel na direção de Wylie. Mas Rob esticou a mão e a pegou antes que ela caísse onde ia cair.

— Vocês ouviram a moça — disse, com uma voz ameaçadora. — Parem com isso.

Tanto Wylie quanto Wendell sossegaram. Nossa. A Srta. Clemmings estava certa. Era incrível o que um pouco de estrogênio podia fazer.

Tudo bem, escrevi. *Com uma condição.*

Ele escreveu: *Nada de condições.* E sublinhou isso repetidamente.

Escrevi em letras de forma garrafais: *Então, não.*

Ele viu o que eu estava escrevendo antes que eu terminasse. Arrancou o caderno de mim, irritado, e escreveu: *Tudo bem. O quê?*

E foi assim que, uma hora depois, estávamos a caminho de Paoli.

Capítulo 7

Está bem. Está bem, eu admito. Bem aqui, no papel, em minha *declaração* oficial. Vocês querem uma confissão? Querem que eu conte a verdade?

Tudo bem. Aí vai.

Gosto de andar rápido.

Quero dizer, rápido *mesmo*.

Não sei o que é, mas nunca tive medo de velocidade. Em viagens de carro, como quando íamos para Chicago para visitar a vovó, e meu pai acelerava até chegar a 130 quilômetros por hora para ultrapassar um caminhão, todo mundo no carro gritava: "Devagar! Devagar!"

Eu não. Eu dizia: "Mais rápido! Mais rápido!"

Sou assim desde pequena. Eu me lembro de quando íamos à feira do interior (antes que ela fosse considerada "caipira" demais). Eu sempre tinha que ir a todos os brinquedos rápidos — o chicote, o Super Himalaya —, e sempre sozinha, porque todo mundo na minha família tinha medo. Só eu, sozinha, a 100, 110, 120 quilômetros por hora.

E isso não era rápido o bastante. Não para mim.

Mas o que descobri no dia em que fui dar uma volta com Rob é que ele gosta de andar rápido também.

Ele era cuidadoso nos itens de segurança. Fez-me usar um capacete extra que ele guardava no compartimento atrás da moto. E obedeceu a todas as leis do trânsito enquanto estávamos dentro dos limites da cidade. Mas assim que saímos...

Tenho que dizer, foi o paraíso. De verdade.

É claro que parte disso pode ter sido por eu ter meus braços ao redor de um cara totalmente sarado. O abdômen de Rob era duro como pedra. Eu sei porque estava segurando com força, e tudo que ele usava por baixo da jaqueta de couro era uma camiseta.

Rob era meu tipo de cara. Ele gostava de correr riscos.

Não tínhamos que nos preocupar com outros carros nas estradas. Eram estradas secundárias, cercadas de milharais. Acho que não passamos por nenhum outro carro o caminho todo, a não ser quando finalmente chegamos a Paoli.

Paoli.

O que posso dizer sobre Paoli? O que vocês querem saber? Querem saber como começou? Acho que querem. Tudo bem, vou contar. Começou em Paoli.

Paoli, Indiana. Paoli é como qualquer outra cidade pequena no sul de Indiana. Havia uma praça principal onde ficava a prefeitura, um cinema, uma loja de noivas e uma biblioteca. Acho que devia ter uma escola de ensino fundamental, e uma de ensino médio, e uma fábrica de borracha de pneus, mas não vi.

Mas sei que havia umas dez igrejas. Fiz Rob virar à esquerda em uma delas (nem me perguntem como eu sabia que aquela era a certa) e de repente estávamos na mesma rua arborizada do meu sonho. Duas quadras depois, e estávamos em frente a uma casa de tijolos bastante familiar. Bati no ombro de Rob, e ele encostou no meio-fio e desligou o motor.

Então ficamos ali sentados, e eu olhei.

Era a casa do meu sonho. Exatamente a mesma casa. Tinha o mesmo gramado malcuidado, a mesma caixa de correio preta só com números e sem nome nenhum, as mesmas janelas com todas as persianas abaixadas. Quanto mais eu olhava, mais eu suspeitava de que, no quintal, haveria um balanço enferrujado e uma daquelas piscinas infláveis, rachada e suja por ter ficado do lado de fora o inverno todo.

Era uma casa legal. Pequena, mas legal. Em um bairro modesto mas legal. Alguém que morava perto tinha acendido a churrasqueira e estava grelhando hambúrgueres para o jantar. Ao longe, eu ouvia vozes de crianças gritando enquanto brincavam.

— Bem — disse Rob, depois de um minuto —, aqui é a casa do namorado, hein?

— Shhh — respondi.

Isso porque alguém vinha em nossa direção pela calçada. Alguém baixo, carregando uma jaqueta jeans. Alguém que, quando chegou perto o bastante, de repente se desviou da calçada para o gramado da pequena casa de tijolos que eu estava observando.

Tirei o capacete que Rob tinha me emprestado.

Não, meus olhos não estavam me enganando. Era Sean Patrick O'Hanahan mesmo. Mais velho uns cinco anos que na foto de trás da caixa de leite. Mas era ele. Eu sabia que era.

Não sei o que me levou a fazer o que fiz. Nunca tinha feito nada parecido antes. Mas desci da moto de Rob, atravessei a rua e disse:

— Sean.

Apenas isso. Não gritei nem nada. Só disse o nome dele.

O menino se virou e ficou pálido. Antes mesmo de me ver, ele ficou pálido. Juro.

Ele devia ter uns 12 anos. Pequeno para a idade, mas ainda assim só alguns centímetros mais baixo do que eu. Tinha cabelo ruivo por baixo de um boné dos Yankees. As sardas pareciam saltar do nariz dele, agora que estava tão pálido.

Os olhos dele eram azuis. E se apertaram quando seu olhar pousou primeiro em mim, depois às minhas costas, na direção de Rob.

— Não sei de que você está falando — disse ele. Não gritou, assim como eu não gritei o nome dele. Ainda assim, notei o medo em sua voz de menino.

Andei até a calçada e achei melhor parar. Ele parecia pronto para sair correndo.

— Ah, é? — falei. — Seu nome não é Sean?

— Não — falou o menino, daquele jeito orgulhoso que crianças falam quando estão com medo mas não querem demonstrar. — Meu nome é Sam.

Sacudi minha cabeça lentamente.

— Não é, não — afirmei. — Seu nome é Sean. Sean Patrick O'Hanahan. Tudo bem, Sean. Pode confiar em mim. Estou aqui para ajudar. Estou aqui para ajudá-lo a ir para casa.

O que aconteceu depois foi o seguinte:

O garoto ficou ainda mais branco, se é que isso é possível. Ao mesmo tempo, o corpo dele pareceu virar gelatina ou algo do tipo. Ele deixou a jaqueta jeans cair como se fosse pesada demais para que ele continuasse segurando, e pude ver seus dedos tremendo.

Depois ele correu até mim.

Não sei o que achei que ele ia fazer. Abraçar-me, acho. Achei que talvez ele estivesse tão feliz e agradecido por ter sido encontrado que ia se jogar nos meus braços e me dar um grande beijo por ter vindo resgatá-lo.

Mas isso foi exatamente o que ele não fez.

Ele esticou a mão e agarrou meu pulso (com muita força, devo acrescentar) e sibilou:

— *Não conte para ninguém. Nunca conte para ninguém que me viu, entendeu?*

Esse não era exatamente o tipo de reação que eu esperava. Quero dizer, teria sido diferente se tivéssemos chegado a Paoli e descoberto que a casa com a qual eu tinha sonhado não existia. Mas ela existia. E mais ainda, em frente daquela casa estava o garoto da caixa de leite. Eu apostaria minha vida nisso.

Só que, por alguma razão, o garoto alegava ser outra pessoa.

— Não sou Sean Patrick O'Hanahan — sussurrou ele em uma voz que estava repleta de raiva tanto quanto de medo. — Então você pode ir embora, ouviu? Você pode ir embora. *E nunca mais volte aqui.*

Foi nesse momento que a porta da frente da casinha se abriu e uma voz de mulher gritou, alto:

— Sam!

O garoto me soltou imediatamente.

— Estou indo — disse ele, a voz tremendo tanto quanto seus dedos.

Ele me lançou mais um olhar furioso e assustado quando se abaixou para pegar a jaqueta jeans do chão. Depois correu para dentro e bateu a porta atrás de si sem nem olhar em minha direção novamente.

Fiquei de pé na calçada olhando para a porta fechada. Ouvi o barulho dos pássaros e das crianças brincando em algum lugar ali perto. Ainda dava para sentir o cheiro de hambúrgueres na grelha e de outra coisa: grama recém-cortada. Alguém tinha aproveitado o calor fora de época para cortar a grama.

Nada dentro da casa à minha frente se mexeu. Nem uma persiana foi erguida. Nada.

Mas tudo, tudo que eu conhecia, tinha ficado diferente agora.

Porque aquele garoto *era* Sean Patrick O'Hanahan. Eu sabia disso tão bem quanto sabia meu nome, os nomes dos meus irmãos. Aquele garoto era Sean Patrick O'Hanahan.

E ele estava com problemas.

— O garoto é meio novo pra você — ouvi uma voz atrás de mim comentar —, você não acha?

Eu me virei. Rob ainda estava montado na moto. Ele tinha tirado o capacete e estava me observando com uma expressão impassível no rosto bonito.

— Eclética, pelo visto — disse ele, dando de ombros.

— Mesmo assim, eu não achava que você era do tipo que tinha fixação no estilo escoteiro.

Eu provavelmente devia ter contado a ele. Provavelmente devia ter dito imediatamente: *Olha, vi aquele garoto na parte de trás da caixa de leite. Vamos chamar a polícia.*

Mas não falei. Não falei nada. Não sabia o que dizer. Não sabia o que fazer.

Eu não estava entendendo o que estava acontecendo comigo.

— Certo — disse Rob. — Podemos ficar aqui a noite inteira, se você quiser. Mas o cheiro dos hambúrgueres está me deixando com fome. Que tal a gente ir procurar uns pra gente?

Dei uma última olhada na casinha de tijolos. *Sean*, pensei, *sei que é você aí dentro. O que fizeram a você? O que fizeram a você para deixá-lo com tanto medo até de admitir o próprio nome?*

— Mastriani — disse Rob.

Eu me virei e subi na moto.

Rob não me fez nem uma pergunta. Apenas me entregou o capacete, colocou o dele, esperou até que eu estivesse pronta e depois acelerou.

Saímos de Paoli.

Só quando estávamos seguindo a 130 km/h eu me animei de novo. É difícil uma louca por velocidade ficar para baixo quando se vai a 130. Tudo bem, falei para mim mesma enquanto seguíamos. Você sabe o que tem que fazer. Você sabe o que tem que fazer.

Então, depois de pararmos no lugar que Rob tinha em mente para comermos uns hambúrgueres (um lugar frequentado por Hell's Angels chamado Chick's que eu sempre quis conhecer, já que passávamos por ele todo dia 5 de janeiro no caminho para o lugar onde jogávamos nossa árvore de Natal, e onde minha mãe nunca tinha me deixado ir), eu fiz o que era necessário.

Fui até o telefone público ao lado do banheiro feminino e liguei.

— Disque-Desaparecidos — disse uma voz de mulher depois de o telefone tocar apenas duas vezes. — Aqui é a Rosemary. Como posso ajudar?

Tive que tapar a outra orelha, porque a jukebox tocava John Cougar Mellencamp alto demais.

— Oi, Rosemary — gritei. — Aqui é a Jess.

— Oi, Jess — disse Rosemary. A voz dela era a voz de uma mulher negra. Não conheço nenhum negro (não tem nenhum na minha cidade), mas já vi muitos em filmes e na televisão. Por isso eu sabia. Rosemary tinha voz de uma mulher negra mais velha. — Mal consigo ouvir você.

— É — respondi. — Foi mal. Estou em um... bem, estou em um bar.

Rosemary não pareceu muito surpresa por ouvir isso. Por outro lado, ela não tinha como saber que só tenho 16 anos.

— O que posso fazer por você, Jess? — perguntou Rosemary.

— Bem — comecei. Respirei fundo. — Escute, Rosemary. Isso vai parecer meio estranho, mas tem um garoto, Sean Patrick O'Hanahan. Vocês colocaram a foto dele na caixa de leite. Pois bem, eu sei onde ele está. — E em seguida, contei tudo pra ela.

Rosemary só ficou falando:

— Ahan. Ahan. Ahan. — E depois completou: — Querida, você...

Rob gritou meu nome. Olhei na direção dele e ele ergueu duas cestinhas de plástico vermelhas. Nossos hambúrgueres tinham chegado.

Prossegui.

— Rosemary, tenho que ir. Mas rapidinho. Aquela Olivia Marie D'Amato? Vocês vão encontrá-la em... — E então dei o nome de uma rua, número, uma cidade em Nova Jersey e o CEP, para garantir. — Tudo bem? Tenho que ir. Tchau!

Desliguei.

Era esquisito, mas eu me sentia aliviada. Como se tivesse tirado um peso das minhas costas. Não é estranho? Quero dizer, sei que Sean me disse para não contar a ninguém.

Disse para não contar? Ele *implorou*.

Mas tinha parecido que ele estava com tanto medo de ser encontrado que eu tive certeza que a pessoa com quem ele está não é lá muito legal. Não se estava fazendo com que mentisse sobre seu nome e tal. E os pais dele? Sean tinha que saber que os pais sentiam sua falta. Ele tinha que saber que o protegeriam dessas pessoas que estavam com ele, fossem quem fossem.

Eu tinha feito a coisa certa ao ligar. Só podia ser. Senão, por que eu estava me sentindo tão bem?

Acabei me divertindo bastante. Rob tinha muitos amigos no Chick's, no fim das contas. Todos eles eram caras bem mais velhos do que ele e, em sua maioria, com cabelos longos e muitas tatuagens. As tatuagens diziam coisas como *31/1/68*, que eu me lembrava da aula de História Geral ser o dia da Ofensiva de Tet na guerra do Vietnã. Os amigos de Rob pareciam estranhamente atônitos em me ver (apesar de serem muito simpáticos), o que me levou a acreditar em uma das seguintes opções:

a) Rob nunca tinha levado uma garota ao Chick's antes (improvável) ou
b) as garotas que ele tinha levado pareciam mais com as garotas que estavam com os motoqueiros, ou seja, altas, louras, excessivamente maquiadas, com nomes como Teri ou Charleen, e que provavelmente nunca tinham usado roupas de algodão na vida (mais provável).

E devia ser por isso que, cada vez que eu abria a minha boca, os caras olhavam uns para os outros, até que finalmente um deles disse para Rob:

— Onde você a *encontrou*?

E isso me fez responder, porque era uma pergunta muito idiota:

— Na loja de namoradas.

Todo mundo riu daquilo, menos Teri e Charleen.

Então, de um modo geral, quando cheguei em casa aquela noite, eu estava bem satisfeita. Eu tinha salvado a vida de uma criança, talvez até de duas, apesar de eu não poder ir até Nova Jersey para verificar a situação de Olivia D'Amato. E passei a tarde e parte da noite com um cara muito gato que gostava de velocidade e que, se eu não estava enganada, parecia gostar de mim também. O que podia ser melhor do que isso?

Seria melhor se meus pais não descobrissem, com certeza.

E eles não iam descobrir mesmo. Porque, no minuto em que passei pela porta, por volta das 21h (fiz com que Rob me deixasse bem mais abaixo na minha rua, para que meus pais não ouvissem a moto), vi que eles não tinham nem notado que eu não estava. Eu tinha ligado do Chick's, claro, e deixado recado na secretária dizendo que o ensaio da banda ia demorar, mas ninguém atendeu. Quando entrei, vi o motivo. Minha mãe e meu pai estavam tendo uma tremenda briga. Sobre Douglas. Como sempre.

— Ele não está pronto! — gritara minha mãe.

— Quanto mais esperar — disse meu pai —, mais difícil será. Ele tem que começar agora.

— Você quer que ele tente de novo? — queria saber minha mãe. — É isso que você quer, Joe?

— É claro que não — disse meu pai. — Mas é diferente agora. Ele está sendo medicado. Olha, Toni, acho que seria bom para o menino. Ele precisa sair de casa. Ele só fica deitado lá em cima lendo gibis.

— E você acha que escravizá-lo em uma cozinha calorenta de restaurante vai ser a cura para esse problema? — O tom de minha mãe era muito sarcástico.

— Ele precisa sair — disse meu pai. — E precisa começar a ganhar o dinheiro dele.

— Ele está doente! — insistiu minha mãe.

— Ele sempre vai estar doente, Toni — disse meu pai. — Mas pelo menos está sendo tratado agora. E os tratamentos estão funcionando. Os médicos dizem que, enquanto ele estiver tomando os remédios, não há motivo para que... — Meu pai interrompeu o que dizia ao me ver no portal. — O que você quer? — perguntou, mas não de forma rude.

— Cereal — falei. — Desculpem por ter perdido o jantar.

Meu pai fez um gesto com a mão. Um gesto de *deixa pra lá*. Peguei uma caixa de Raisin Bran e uma tigela.

— Ele não está pronto — disse minha mãe.

— Toni, o menino não pode ficar no quarto para sempre. Ele tem 20 anos, pelo amor de Deus. Ele tem que começar a sair, ver pessoas da idade dele...

— Ah, e na cozinha do Mastriani's é isso que ele vai fazer... sair. — Minha mãe estava sendo sarcástica de novo.

— Sim — disse meu pai. — Com jovens da idade dele. Você conhece o pessoal que trabalha lá. Os rapazes fariam bem a ele.

Minha mãe riu com deboche. Comi meu cereal, fingindo estar muito interessada na parte de trás da caixa de leite, mas ouvindo a conversa deles com atenção.

— A próxima coisa que você vai querer fazer provavelmente vai ser mandá-lo para um centro de reabilitação — disse minha mãe.

— Bem, Toni — disse meu pai —, talvez não seja uma má ideia. Ele poderia conhecer outros jovens com o mesmo problema, descobrir que não está sozinho nessa...

— Não gosto disso — disse minha mãe. — Estou dizendo, não gosto disso.

Meu pai ergueu as mãos para o alto.

— É claro que você não gosta, Toni. Você quer manter o garoto embrulhado em fraldinhas de algodão. Mas não dá para fazer isso, Toni. Não pode protegê-lo para sempre. E não pode vigiá-lo para sempre. Ele vai descobrir um jeito de tentar de novo, esteja você de olho nele ou não.

— Papai está certo — falei, de boca cheia.

Minha mãe olhou para mim intensamente.

— Você não tem nenhum lugar para ir, mocinha?

Eu não tinha, mas decidi ir pro meu quarto ensaiar. Ninguém se deu ao trabalho de me perguntar por que eu estava ensaiando depois de (supostamente) ter estado no ensaio da banda por umas seis horas seguidas. Mas minha família é assim.

Claire Lippman não é a única que consegue me ouvir ensaiando. Ruth também consegue me ouvir. Assim que terminei, o telefone tocou. Era Ruth, querendo saber tudo sobre o meu passeio de moto.

— Foi bom — falei enquanto passava um pano por dentro da minha flauta com um palito de metal, para limpar todo o cuspe.

— *Bom?* — repetiu Ruth. — *Bom?* O que vocês fizeram? Aonde foram?

— Só dar uma volta — respondi.

Não me perguntem por que, mas não consegui contar para Ruth sobre Sean. Não consegui nem contar a Rob sobre Sean. Em resposta ao questionamento insistente dele, eu tinha respondido: "Ele é meu agiota, tá?", o que tinha arrancado aplausos e gritos dos amigos do bar.

— Você foi dar uma volta? — A voz de Ruth estava esganiçada com incredulidade. — Onde? Em Chicago?

— Não. Por aí. E depois fomos ao Chick's.

— Chick's? — Ruth parecia prestes a entrar em combustão espontânea. — É um *bar*. Um bar de *motociclistas*.

— É — disse eu.

— Não pediram sua identidade?

— Não — respondi. Não pediram porque Rob conhece o bartender.

— Você *bebeu*?

— É claro que não! — exclamei.

— E ele?

— Dã, Ruth. Você acha que eu teria subido numa moto com um cara que estava bebendo? Só tomamos refrigerante.

— Ah. Bem, ele beijou você?

Não falei nada enquanto desmontava minha flauta, colocando as partes nos compartimentos de veludo dentro do estojo.

— Meu Deus — sussurrou Ruth. — Ele beijou. Não acredito que ele beijou você. Foi de língua?

— Infelizmente, não.

— Ah, meu Deus — disse Ruth. — Bem, acho que é melhor assim. Não se deve deixar o cara enfiar a língua na sua garganta no primeiro encontro. Ele podia pensar que você era fácil. E então, vocês vão sair de novo?

— Talvez na semana que vem — respondi, vagamente.

Ele não tinha mencionado nada, eu me dei conta nesse momento, sobre nos vermos de novo. O que *isso* significava? Que ele não gostava de mim? Ou que era minha vez de convidá-lo? Como eu nunca tinha saído com ninguém antes, não sabia como essas coisas funcionavam.

E não adiantava perguntar para Ruth. Ela tinha ainda menos noção do que eu.

— Ainda não acredito — dizia ela — que você está saindo com um caipira.

— Você é tão esnobe — reclamei. — Por que isso importa? Ele é muito legal. E sabe tudo sobre motos.

— Mas ele não vai fazer faculdade, vai? Depois que terminar a escola?

— Não. Vai trabalhar na oficina do tio.

— Meu Deus — disse Ruth. — Bem, acho que não há problema se você apenas usá-lo para sexo e passeios de moto de graça.

— Vou desligar agora, Ruth.

— Tudo bem. Vai trabalhar amanhã?

— O papa é católico?

— Tudo bem. Uau. Não acredito que ele beijou você.

Na verdade, eu também não acreditava, mas não falei isso para Ruth. Nem que, no momento em que ele me beijou, eu praticamente caí da moto de tão surpresa. Só porque fico muito na detenção não quer dizer que sou experiente.

Espero não ter demonstrado.

Capítulo 8

Todos os sábados, e a maioria dos domingos depois da igreja, preciso trabalhar em um dos restaurantes do meu pai. Michael também. Douglas também fazia isso, antes de ir para a faculdade e ficar doente. Acho que todos os adolescentes cujos pais têm restaurantes têm que trabalhar neles em algum momento. É para nos ensinar a ter ética de trabalho, para que não saiamos por aí achando que as coisas vêm para nós de bandeja. Em vez disso, nós carregamos as bandejas. E os pratos. E mexemos no réchaud. E na caixa registradora. E no livro de reservas.

Basta citar e, se tiver alguma atividade a ver com serviço culinário, eu já fiz.

Naquele sábado em particular, no entanto, eu estava meio avoada na caixa registradora, então Pat, a gerente, me colocou para limpar mesas. Ei, eu tava cheia de coisas na cabeça. E não, não era Rob Wilkins. Era o fato de que, quando acordei naquela manhã, eu sabia onde Hadley Grant e Timothy Jonas Mills estavam.

Minha mãe tinha jogado fora a caixa de leite velha, a que tinha Sean Patrick e Olivia Marie, e comprara uma nova. E eu sabia onde estavam os garotos desaparecidos da caixa nova também.

Isso estava me assustando um pouco. Afinal, de onde vinham esses sonhos? Era esquisito acordar com toda essa informação sobre dois estranhos na cabeça.

Eu não ia ligar de novo. Uma vez tinha sido ruim o bastante. Mas duas vezes... Bem, seria demais. Afinal, eu nem sabia se a informação que eu tinha dado a Rosemary estava correta. E se fosse tudo mentira? E se, por algum acaso, aquele *não fosse* mesmo Sean Patrick O'Hanahan? E se ele fosse apenas um garoto qualquer, e eu o tinha apavorado...

Não. *Era* ele. Eu me lembrava do jeito como ele tinha ficado pálido. Era Sean, sim.

E se eu estava certa sobre Sean...

No primeiro intervalo que tive, fui para o telefone público ao lado do banheiro feminino, esperando ser atendida no Disque-Desaparecidos. Eu não acreditei que tinham me deixado esperando. Quantas pessoas podiam estar ligando num sábado à tarde? Meu Deus. Eu só tinha cinco minutos de intervalo, e nem tinha ido ao banheiro ainda. Os minutos passavam no relógio, e uma família entrou e sentou em uma das mesas que eu ainda não tinha retirado. Estavam sentados lá, colocando os copos vazios e pratos usados em uma pilha enorme e precária. Meu Deus, as pessoas não sabem se comportar.

Finalmente uma mulher atendeu e perguntou como podia me ajudar. Eu falei:

— Rosemary?

— Não — disse a mulher. Ela era branca e do Sul, eu percebi. — Rosemary não está trabalhando hoje. Sou Judith. Como posso ajudá-la?

— Ah, acho que sei onde duas crianças estão. Hum, Hadley Grant e Timothy Jonas Mills?

— Sabe? — falou Judith com uma voz muito desconfiada.

— Sim — repeti. A família na mesa que eu ainda não tinha limpado estava começando a olhar em volta, irritada. Uma das crianças tinha tentado beber um resto de gelo derretido em um dos copos usados. — Olha só, Hadley está em... — Dei a ela o endereço exato, que por acaso era na Flórida. — E Timothy está no Kansas. — Dei a ela o endereço. — Anotou tudo?

— Com licença, moça — disse Judith. — Você é...

— Desculpe, tenho que ir — interrompi, e desliguei, principalmente porque a família estava começando a empilhar os pratos sujos em uma mesa que tinha vagado ao lado da deles, mas também porque pensei que Judith ia começar a gritar comigo sobre Sean e Olivia, e eu não precisava ouvir aquilo.

Mas depois que desliguei, me senti melhor. Assim como no dia anterior. Senti como se um peso tivesse sido tirado das minhas costas.

Pelo menos até Pat me dizer que eu não podia mais limpar as mesas e me mandou para a cozinha para lavar pratos.

O resto do fim de semana passou sem incidentes. Na noite de sábado, Ruth foi até minha casa, e dessa vez levou o violoncelo. Tocamos um concerto, depois vimos uns vídeos que ela alugou. Mike desceu por uns minutos e nos provocou por causa do nosso gosto cinematográfico. Ruth só gosta de filmes que têm uma mudança radical de beleza. Como *Uma Linda Mulher*, quando Julia Roberts compra todas aquelas roupas. Eu costumo gostar de filmes com explorações. Existem poucos filmes que têm os dois. *A Assassina*, com Bridget Fonda, praticamente é o único. Vimos esse filme nove vezes.

Douglas apareceu também, por alguns minutos, a caminho da cozinha para deixar algumas tigelas de cereal que estavam no quarto dele havia algumas semanas. Ele viu o filme por um tempo, mas então minha mãe o viu, e começou a perguntar se ele estava bem. Então ele teve que correr lá para cima de novo e se esconder.

Por volta das 23h, eu podia jurar ter ouvido o ronronar da Indian de Rob Wilkins lá fora. Mas, quando olhei pela janela, não tinha ninguém lá. Ilusão minha, eu acho. Ele provavelmente estava apavorado com o quanto eu era inexperiente em beijos e jamais me chamaria para sair de novo.

Tudo bem. Pior pra ele.

No domingo, depois da igreja, meu pai nos deixou no Mastriani's para ajudar com a multidão que ia lá para o brunch. Bem, ao menos eu e Mike. Douglas não precisa mais ir à igreja. Em vez disso, ele fica em casa e lê quadrinhos. Sei que Douglas está doente e tudo o mais, mas eu não me importaria de ficar em casa no domingo de manhã e ler gibis. Ou assistir à televisão. Mas nunca tentei me matar, então preciso ir à igreja. E preciso ir usando um vestido que combina com o da minha mãe.

Não dá para culpar uma garota por achar que Deus talvez não exista.

A única coisa que aconteceu no domingo foi que o leite acabou, e minha mãe mandou a mim e Mike ao mercado comprar mais. Mike deixou que eu dirigisse na ida, mas depois, na volta, nem me deixou chegar perto do volante. Mas, sabe, acho que limites de velocidade são apenas sugestões. Se não tem mais ninguém na rua, você devia poder ir tão rápido quanto quisesse. Infelizmente, Mike (e os amigos do Departamento de Trânsito, que sempre negam meu pedido de carteira de motorista) discorda.

No mercado, escolhi uma caixa de leite com crianças que eu não tinha visto ainda, para fazer uma espécie de experiência. Ia vencer em dois dias, mas com o tanto de cereal que Douglas come, eu sabia que amanhã já precisaríamos comprar mais. Douglas devora uma caixa inteira, tamanho família, de Cheerios de uma vez só. É um milagre que ele não seja gordo. Mas meu irmão sempre teve o metabolismo rápido, como o Sr. Goodhart.

Ainda no mercado, encontramos com Claire Lippman. Ela estava de pé perto das revistas, lendo uma *Cosmo*, enquanto a mãe procurava espigas de milho na seção dos legumes. Mike a observou com admiração por um tempo. Em dado momento, eu me cansei, cutuquei-o e disse:

— Vá *falar* com ela, pelo amor de Deus.
— Até parece. Sobre o quê? — disse Mike.
— Diga que mal pode esperar para vê-la em *Fim de partida*.
— O que é isso?
— É uma peça na qual ela vai atuar, no papel de Nell. Tem que ficar sentada em uma lata de lixo durante o espetáculo todo.

Mike olhou para mim, intrigado.

— Como você sabe? Desde quando você está no clube de teatro?

Eu me dei conta de que tinha cometido um erro. Falei:

— Meu Deus, deixa pra lá. Vamos embora.

Só que Mike não queria ir. Ele só ficava olhando para Claire.

— Ela não iria sair comigo se eu convidasse. Por que sairia comigo? Eu nem tenho carro — reclamou.

— Você podia ter comprado um carro — expliquei — com todo o dinheiro que ganhou trabalhando no restaurante. Mas não. Você tinha que comprar aquele scanner idiota.

— E uma impressora — disse Mike. — E um zip drive. E...

— Ah, meu Deus — falei. — Esquece. Você sempre pode pedir o carro do papai emprestado.

— Ah, tá — disse Mike. — Uma perua Volvo. Valeu. Vamos embora.

Sério, não dá para acreditar nos garotos. É um milagre que as pessoas se casem.

Nada mais aconteceu no domingo, exceto que, naquela noite, enquanto eu estava ensaiando, pensei ter ouvido um motor de moto descendo nossa rua de novo. E, dessa vez, quando olhei pela janela, aquela pela qual vejo a rua toda, vi um par de lanternas traseiras bem no final da Lumley Lane, dobrando na esquina com a Hunter.

Ei, podia ter sido Rob. Nunca se sabe.

Fui para a cama feliz, pensando que talvez um garoto gostasse de mim. É uma idiotice que só seja preciso isso para fazer a gente feliz às vezes. É especialmente idiota considerando o que aconteceu no dia seguinte. Eu tinha problemas bem maiores do que se um garoto gostava ou não de mim.

Bem maiores.

Capítulo 9

O que aconteceu foi que, no dia seguinte, Ruth me levou para a escola como de costume. Durante todo o trajeto, eu não conseguia tirar aquelas crianças da minha cabeça. As crianças na parte de trás da caixa de leite que eu tinha comprado na noite anterior. Mais uma vez, acordei com a sensação de saber exatamente onde elas estavam, com endereço completo e tudo. Estava ficando assustador, sou obrigada a admitir.

Mas, assim como na sexta e no sábado, eu não conseguia parar de pensar nelas. Então, assim que chegamos à escola e consegui me livrar de Ruth, fiz uma ligação para o velho Disque-Desaparecidos. Dessa vez, Rosemary atendeu.

— Oi, Rosemary — cumprimentei. — Sou eu, Jess. De sexta-feira. Lembra?

Rosemary prendeu a respiração.

— Jess! — falou ela. Na verdade, praticamente gritou na minha orelha. — Querida, onde você está?

Achei meio engraçado que alguém que trabalhasse no Disque-Desaparecidos me perguntasse onde *eu* estava. Respondi:

— Bem, nesse exato momento, estou na escola.

— Tem gente procurando por você, querida — disse Rosemary. — Você ligou para cá no sábado?

— Liguei — respondi. — Por quê?

— Espere — disse Rosemary. — Tenho que chamar meu supervisor. Prometi que chamaria se você ligasse de novo.

O sinal que avisava que estávamos atrasados tocou. Eu falei:

— Espere, Rosemary. Não tenho tempo. Tenho que falar sobre Jennie Lee Peters e Samantha Travers...

— Jess — disse Rosemary. — Querida, acho que você não está entendendo. Você não leu o jornal? Eles foram encontrados. Encontraram Sean e Olivia, exatamente onde você falou que estariam. E as crianças sobre as quais você ligou no sábado foram encontradas também. As pessoas daqui querem falar com você, querida. Querem saber como você...

Então era Sean mesmo. Era Sean mesmo, afinal. Por que ele me falou que o nome dele era Sam? Por que ele pareceu ficar tão assustado, quando era óbvio que eu estava lá para ajudá-lo?

Respondi a Rosemary:

— Não sei como eu sabia. Olha, Rosemary, vou me atrasar. Só me deixe dizer...

— Aqui está meu supervisor, Larry Barnes — disse Rosemary. — Larry, é ela. É a Jess.

Uma voz de homem surgiu no telefone.

— Jess? — disse ele. — Você é a Jess?

— Olha só — comecei. Eu estava ficando com um pouco de medo. Afinal, eu só queria ajudar algumas crianças desaparecidas. Não queria ter que falar com Larry, o supervisor. — Jennie Lee Peters está em Escondido, Califórnia. — Falei o endereço bem rápido. — E Samantha Travers, é um lugar meio esquisito, mas se você descer a estrada Rural Route 4, nos arredores de Wilmington, Alabama, vai encontrá-la ao lado de uma árvore com uma grande pedra ao lado...

— Jess — disse Larry. — É Jessica, não é? Pode me dar seu sobrenome, Jess? E de onde você está ligando?

Vi a Sra. Pitt, professora de Economia Doméstica, vindo em minha direção. A Sra. Pitt me odeia, porque uma vez virei um suflê na cabeça de um garoto na aula dela. Ele merecia por ter me perguntado como era ter um irmão retardado. A Sra. Pitt não ia hesitar em me dar uma advertência.

— Tenho que ir — falei, e desliguei.

Mas não importou. A Sra. Pitt logo falou:

— Jessica Mastriani, o que você está fazendo fora de sala de aula?

E aí ela me deu uma advertência.

Muito obrigada, Sra. Pitt. Eu gostaria de registrar minha gratidão por sua preocupação e compreensão bem aqui na minha *declaração*, que, pelo que eu soube, irá a público algum dia, e então todo mundo no mundo inteiro vai saber que professora ótima você é.

No almoço, fui ver o Sr. Goodhart por ter levado a advertência. Ele disse as coisas de sempre sobre como preciso começar a me aplicar mais e como nunca vou entrar na faculdade desse jeito etc. Depois que ele me deu mais uma semana de detenção para o meu próprio bem, perguntei se ele tinha algum jornal, porque eu teria que falar sobre um evento da atualidade na aula de História Americana.

Isso era uma grande mentira, é claro. Eu só queria ver se Rosemary estava falando a verdade.

O Sr. Goodhart me deu um exemplar do *USA Today*. Sentei na sala de espera e procurei pelo jornal. Havia muitos artigos interessantes sobre celebridades fazendo coisas idiotas que me distraíram, mas finalmente encontrei um artigo na seção "Nação" sobre uma ligação anônima para o Disque-Desaparecidos que deu a eles a localização exata de quatro crianças, uma das quais estava desaparecida havia sete anos.

Sean.

Fiquei olhando para o artigo. *Eu*, eu ficava pensando. *Eu* era a pessoa anônima que ligou. *Eu* estava no jornal. Um jornal de circulação *nacional*.

A Organização Nacional das Crianças Desaparecidas queria saber quem eu era, para poder me agradecer.

Mas havia também uma recompensa substancial por ter encontrado Olivia Marie D'Amato. Dez mil dólares, para ser exata.

Dez mil dólares. Dá para comprar uma tremenda moto com 10 mil dólares.

Mas, junto com esse pensamento, outro apareceu: não posso aceitar *dinheiro* por fazer o que fiz. Quero dizer, nunca prestei muita atenção à igreja, mas uma coisa que entendi bem é que *devemos* fazer coisas boas pelas pessoas. Não fazemos por esperar receber dinheiro em troca. Fazemos porque é a coisa certa a fazer. Como dar um soco em Jeff Day, por exemplo. Tinha sido a coisa certa a fazer. Aceitar uma recompensa por fazer a coisa certa... Bem, isso parecia errado para mim.

Já que eu não queria porcaria de recompensa nenhuma (e já que eu não queria minha cara no *USA Today*), decidi não ligar para a ONCD. Não que eu não quisesse que as pessoas soubessem sobre o que eu conseguia fazer. Eu já era rejeitada o bastante na escola. Se as pessoas descobrissem sobre isso, eu acabaria como Carrie ou algo do gênero, com sangue de porco sendo derramado sobre mim. Quem precisava desse tipo de problema?

Além disso, minha família com certeza não poderia sobreviver a outra crise. Minha mãe nem tinha começado a superar o que tinha acontecido a Douglas. Por outro lado, suspeito que descobrir que sua filha é paranormal ainda é melhor do que descobrir que seu filho é esquizofrênico. Ainda assim, tudo se resume a uma coisa: anormais. Tudo que minha mãe sempre quis foi ter uma família normal.

Mas o que há de normal em duas mulheres usarem vestidos iguais feitos em casa, eu não consigo nem imaginar.

De qualquer forma, eu não precisava de mais pressão. Já tinha o bastante.

Então não liguei de novo para o Disque-Desaparecidos. Não liguei para ninguém. Só segui em frente, fazendo tudo normalmente. No almoço, Ruth me provocou sobre sair com um caipira na frente de algumas de nossas amigas da orquestra, então elas começaram a me zoar também. Mas eu não me importava. Eu sabia que elas estavam com inveja. E elas tinham direito de estar. Rob Wilkins era gato. Quando entrei na detenção depois da aula naquele dia, tenho que admitir, meu coração meio que deu um salto quando o vi. O cara é muito bonito.

Não tivemos oportunidade de conversar antes que a Srta. Clemmings começasse a detenção. Mas, depois disso, quando peguei meu caderno e comecei a fazer o dever de casa, Rob não se inclinou para pegá-lo nem escreveu bilhetinhos fofos para mim, como tinha feito na sexta. Em vez disso, ele só ficou sentado lá, lendo o livro de espionagem. Era um livro diferente do que ele estava lendo na semana anterior, e acho que era bastante interessante e tudo, mas por favor. Ele podia ao menos ter dito oi.

O fato de ele não ter falado comigo me deixou mal-humorada. Acho que outras garotas teriam entendido a mensagem, mas eu não tinha experiência naquele departamento. Não conseguia entender o que eu tinha feito de errado. Teria sido o jeito como reagi quando ele me beijou? Vocês lembram, quase caindo da garupa da moto dele daquele jeito? Admito que foi uma reação bem adolescente, mas eu mereço um desconto: foi meu primeiro beijo.

Talvez tivesse sido o comentário da loja de namoradas. Ou o fato de eu obviamente não ter nada a ver com Teri e Charleen. Por não saber eu ficara ainda mais mal-humorada.

O que provavelmente explicava por que, quando Hank Wendell se inclinou e sussurrou o seguinte para mim, eu dei uma cotovelada na garganta dele.

— Ei, Mastriani, ouvi falar que Wilkins enfiou a salsicha em você na sexta passada, é isso mesmo?

Não foi forte o bastante para esmagar a laringe dele e deixá-lo inconsciente (infelizmente), mas foi forte o bastante para deixá-lo bem furioso.

Mas, antes que o punho de Hank pudesse entrar em contato com meu rosto (embora eu estivesse completamente preparada para lidar com o soco, como meu pai tinha me ensinado), uma mão surgiu, e o braço de Hank foi torcido até sair do meu campo de visão.

— Achei que tínhamos concordado que você ia deixá-la em paz.

Rob teve que se inclinar por cima de mim para continuar segurando Hank. Consequentemente, a fivela do seu cinto ficou na altura do meu nariz. Não era exatamente uma posição muito digna.

Isso me deixou furiosa. Quase tão furiosa quanto o comentário de Hank.

— Você andou dizendo por aí para as pessoas que a gente *transou*? — perguntei, virando meu rosto para ver o rosto de Rob.

No palco, o ensaio foi totalmente interrompido. Todo o elenco de *Fim de partida* estava olhando para nós. A Srta. Clemmings dizia:

— O que está acontecendo aí atrás? Sr. Wilkins, solte o Sr. Wendell e sente-se imediatamente!

— Putz, Wilkins — disse Hank numa voz estrangulada. Talvez eu o tivesse atingido com mais força do que pensei. — Você está quebrando a porcaria do meu braço.

— Vou parti-lo ao meio — respondeu Rob com uma voz muito assustadora que eu nunca o tinha ouvido usar —, se você não deixá-la em paz.

— Meu Deus, está bem — disse Hank, e Rob o soltou. Hank caiu de volta na cadeira. Rob voltou para a dele.

— Assim é melhor — disse com uma voz muito satisfeita a Srta. Clemmings, que já estava na metade do corredor, como se a briga tivesse acabado por causa de alguma coisa que ela fez.

Certo.

Eu estava furiosa.

— O que ele queria dizer? — sibilei para Rob assim que a Srta. Clemmings virou as costas. — Do que ele estava falando?

— Nada — disse Rob. Ele enfiou o rosto no livro de novo. — Ele é um babaca. Fica fria, tá?

Certo, acho que devo contar que a única coisa que odeio de verdade é quando as pessoas me mandam ficar fria. Por exemplo, as pessoas costumam fazer piada sobre Douglas, e depois me mandam ficar fria quando estou furiosa. E eu não consigo. Não consigo ficar fria.

— Não, não vou ficar fria — rosnei. — Quero saber do que ele estava falando. Que diabos está acontecendo? Você falou para seus amigos que *fizemos aquilo*?

Rob ergueu os olhos do livro nesse momento. Sua expressão era nula quando respondeu:

— Primeiro de tudo, Wendell não é meu amigo.

À minha esquerda, Hank, ainda massageando o pulso, gemeu:

— Pode ter certeza.

— Em segundo lugar — prosseguiu Rob —, eu não falei nada sobre você para ninguém, tá? Então se acalme.

Também odeio quando as pessoas mandam eu me acalmar.

— Olha só — comecei . — Não sei o que está acontecendo aqui. Mas se eu descobrir que você anda contando coisas sobre mim pelas minhas costas, vou encher você de porrada. Entendeu?

Pela primeira vez naquele dia, Rob sorriu para mim. Era como se ele não quisesse, mas não conseguisse evitar.

E Rob, bem, ele tem um sorriso *daqueles*. Vocês sabem qual é o tipo.

Por outro lado, talvez vocês não saibam. Eu tinha me esquecido de para quem eu estava escrevendo isto.

— *Você* vai *me* encher de porrada? — falou ele, com uma voz muito divertida. O que me deixou ainda mais irada.

— Não faça isso, cara — avisou Hank. — Ela bate com muita força para uma garota.

— Isso mesmo — concordei. — É melhor você tomar cuidado.

Não sei o que Rob poderia ter respondido, se é que responderia alguma coisa, já que a Srta. Clemmings fez "Shhh" bem naquela hora, de um modo que imagino que ela considerasse ser ameaçador. Rob, tão sem expressão quanto sempre, enfiou a cara no livro de novo. Eu não tive escolha além de voltar para meu dever de casa.

Mas, por dentro, estava bufando.

Fiquei mais irritada ainda quando, depois que a Srta. Clemmings nos dispensou, fui até o lado de fora e me dei conta de que não tinha carona para casa. Como uma idiota, eu tinha dito a Ruth que não precisava se incomodar em ir me pegar. Eu tinha suposto que Rob ia me dar carona para casa.

Ótimo. Excelente.

Eu podia ter ligado para minha mãe, acho, mas estava agitada demais para ficar de pé esperando por ela. Eu sentia que, se não batesse em alguém, iria perder o controle. E quando me sinto assim é melhor não estar perto de pessoas. Principalmente da minha mãe.

Então eu saí andando. Não liguei por serem três quilômetros. Eu nem conseguia sentir meus pés de tão furiosa que estava. Estava com muita raiva. Estava bonito do lado de fora, sem uma nuvem no céu. Nada de preocupação sobre ser atingida por um raio. Não que eu me importasse. Mil raios poderiam cair do céu e eu nem repararia.

Como pude ser tão idiota? Como pude ser tão *burra*?

Eu estava andando paralelamente às arquibancadas (cena do crime) quando ouvi o ronronar da moto de Rob. Ele estava vindo devagar ao lado do meio-fio.

— Jess — disse ele. — Venha comigo.

Eu nem olhei para ele.

— Suma — respondi. E era o que eu queria mesmo.

— O que você vai fazer, andar até em casa? Vamos lá, eu dou uma carona.

Falei onde ele devia enfiar a carona dele.

— Olha só — disse Rob. — Me desculpe. Cometi um erro, tá bom?

Achei que ele estivesse falando sobre ter me ignorado na detenção.

— Cometeu mesmo — emendei.

— Pensei que você fosse mais velha, tá?

Isso me fez parar imediatamente. Virei-me e olhei para ele.

— Como assim, pensou que eu fosse *mais velha*? — perguntei.

Ele não estava de capacete, então eu podia ver o rosto dele. Rob parecia pouco à vontade.

— Eu não sabia que você só tinha 16 anos, tá? Você não age como uma garota de 16 anos. Parece muito mais madura. Bom, sem contar com o fato de que bate em caras que são bem maiores do que você.

Eu estava tendo dificuldade em entender essa história toda.

— Mas por que diabos importaria — perguntei — a idade que eu tenho?

— Importa — disse ele.

— Não vejo por quê.

— Mas importa — insistiu ele.

Balancei a cabeça.

— Ainda não vejo por quê.

— Porque eu tenho 18 anos. — Ele não estava olhando para mim. Estava olhando para a rua sob as botas dele. — E estou em condicional.

Condicional? Eu tinha saído com um *criminoso*? Minha mãe ia morrer se descobrisse.

— O que você fez? — perguntei.

— Nada.

Um Volkswagen passou buzinando. Rob estava parado bem perto da calçada, então eu não consegui ver qual era o problema. Depois o motorista acenou. Era a Srta. Clemmings. Bi-bi. Tchauzinho, crianças. Vejo vocês na detenção amanhã.

— Não, falando sério — disse eu. — O que você fez?

— Olha só — disse Rob. — Foi uma besteira, tá?

— Quero saber o que foi.

— Eu não vou contar, então é melhor você esquecer.

Minha imaginação estava trabalhando dobrado. O que ele tinha feito? Roubado um banco? Não, não se pega condicional por isso. O cara vai logo para a cadeia. A mesma coisa se ele tivesse matado alguém. O que ele podia ter feito?

— Então acho que não é uma boa ideia — prosseguiu ele — nós dois sairmos juntos. A não ser que... Quando é seu aniversário?

— Foi mês passado — respondi.

Rob disse uma palavra que vou optar por não registrar aqui.

— Olha — disse eu. — Não ligo por você estar em condicional.

— É, mas seus pais vão ligar.

— Não, eles são legais.

Ele riu.

— Certo, Jess. Foi por isso que deixei você no final da rua naquela noite, em vez de em frente à sua casa. Porque seus pais são muito legais. São tão legais que você não queria que eles soubessem sobre mim. E você nem sabia sobre a condicional naquela hora. Admita.

Ele me pegou.

— Bem — comecei. — Eles só estão passando por uma fase meio difícil agora, e não quero deixá-los mais estressados. E não tem razão para eles terem que saber.

— As fofocas correm por aí, Jess. Veja Wendell. É só uma questão de tempo até que seus pais e meu agente de condicional ouçam sobre o que está acontecendo.

Bem, eu não ia ficar ali de pé e implorar para que ele saísse comigo. O cara era gato e tudo mais, mas uma garota tem seu orgulho. Então só dei de ombros e disse:

— Você que sabe.

Aí me virei e voltei a andar.

— Mastriani — disse ele, com voz cansada. — Suba na moto, vai. Levo você para casa. Ou até a esquina da sua casa, né.

— Não sei — respondi, olhando para ele e piscando com meus longos cílios. — Afinal, a Srta. Clemmings já nos viu juntos. Imagine se ela correr para a polícia...

Ele parecia irritado.

— Apenas suba na moto, Mastriani.

Vocês estão pensando que, apesar de toda a história da cadeia, Rob e eu tivemos um relacionamento sexy e quente, e que vou contar todos os detalhes sórdidos aqui na minha *declaração*, e que vocês vão poder ler sobre tudo.

Bem, lamento desapontá-los, mas isso não vai acontecer. Em primeiro lugar, minha vida amorosa é só da minha conta, e o motivo de eu tê-la mencionado aqui é porque vai ser pertinente depois.

E, em segundo lugar, Rob não encostou um dedo em mim.

Para minha decepção.

Não. Ele me deixou, como prometido, na esquina, e andei o resto do caminho até em casa, odiando o fato de ter que morar nesse estado retrógrado com leis retrógradas. Uma garota de 16 anos não pode sair com um cara de 18 anos no estado de Indiana, mas não há o menor problema com primos de primeiro grau se casando com qualquer idade.

Estou falando sério. Podem pesquisar, se não acreditam.

Como sempre, quando cheguei em casa naquela tarde, havia uma agitação acontecendo na cozinha. Essa envolvia minha mãe, meu pai e Douglas (mas que surpresa). Douglas estava lá de pé, olhando para o chão, enquanto minha mãe gritava com meu pai.

— Eu falei que ele não estava pronto! — gritava ela. Minha mãe tem pulmões bastante saudáveis. — Eu falei! Mas você ouviu? Ah, não. O grande Joe Mastriani sempre sabe o que é melhor.

— O garoto foi muito bem — disse meu pai. — Muito mesmo. Tudo bem, ele derrubou uma bandeja e quebrou algumas coisas. Nada de mais. Bandejas caem todo dia. Não significa...

— Ele não está pronto! — gritou minha mãe.

Douglas me viu na entrada. Revirei os olhos para ele e ele apenas olhou de novo para o chão. Há garotos na escola que dizem coisas sobre meu irmão doido, sobre como ele tem mais probabilidade de virar serial killer, e esse tipo de coisa. Essa é uma das razões de eu ter que ir para a detenção durante todo o futuro próximo. Porque tive que bater em muita gente por falar coisas ruins sobre Douglas. Mas acho que Douglas nunca poderia ser um serial killer; ele é tímido demais. Aquele Ted Bundy era bem extrovertido, pelo que ouvi falar.

Meu pai reparou em mim na entrada e falou, mas não de um jeito cruel:

— Por onde você andou?

— Ensaio da banda — respondi.

— Ah — disse meu pai. Depois recomeçou a gritar com a minha mãe.

Peguei uma tigela de cereal, verificando antes a caixa de leite, é claro. Como eu desconfiei, minha mãe tinha visto a data de vencimento e foi comprar uma nova. Observei os rostos das crianças dessa caixa. Perguntei-me se, de manhã, eu saberia onde elas moravam. Eu tinha a sensação de que sim. Afinal, a marca no meu peito, onde o raio tinha me atingido, ainda estava lá. Não tinha nem ficado mais fraca.

Pensei sobre como Sean estaria. Agora ele provavelmente deveria estar feliz, de volta à família. Ele me devia, na minha opinião, um gigantesco obrigado. E um pedido de desculpas por agir como louco naquele dia.

Subi a escada, mas antes de ir pro meu quarto, Mike me deu um tremendo susto ao abrir de repente a porta, não do quarto dele, mas de Douglas, e dizer:

— Muito bem. Quem diabos é ele?

Eu bati de costas na parede do corredor pelo susto de vê-lo sair assim do nada. Eu falei:

— Quem diabos é quem? E o que você estava fazendo no quarto de Douglas?

Então eu vi o binóculo na mão dele e entendi.

— Tudo bem — comecei. — Não é o que você está pensando.

— Ah, não? — Mike olhava para mim com raiva através das lentes dos óculos. — O que eu estou pensando é que você virou a vadia de um Hell's Angel. É isso que eu estou pensando.

— Você é tão baixo — disse eu. — Ele não é Hell's Angel, e nem virei vadia de ninguém.

— Então quem é ele?

— Meu Deus, ele é da sua turma, tá? Está no último ano. O nome dele é Rob Wilkins.

— Rob Wilkins? — Mike olhou para mim com mais raiva ainda. — Não conheço ninguém do último ano chamado Rob Wilkins.

— Mas que surpresa — falei. — Você não conhece ninguém cujo nome não venha seguido de arroba e as palavras *AOL ponto com*.

Ele não ia me deixar escapar assim tão fácil, independentemente do quanto eu argumentasse.

— O que ele é? — perguntou Mike. — O cara largou a escola?

— Não — disse eu. — Não que seja da sua conta.

— Então como é que eu não o conheço? — E então o queixo de Mike caiu. — Ah, meu Deus. Ele é um *caipira*?

— Nossa, Mike. Isso é tão politicamente correto. Aposto que seus novos amigos de Harvard vão amar sua atitude, sua mente aberta.

Mike sacudiu a cabeça.

— Mamãe vai *matar* você.

— Não vai, porque você não vai contar para ela.

— Até parece que não — declarou Mike. — Não quero minha irmãzinha saindo com um caipira.

— Não estamos saindo — afirmei. — E se você não contar pra mamãe, eu... eu faço seu trabalho no restaurante no próximo fim de semana.

Ele pareceu se alegrar, a atitude de proteção à irmãzinha esquecida. Ei, por que não? Mais tempo para ele na internet.

— É mesmo? — perguntou ele. — O de domingo à noite também?

Suspirei, como se fosse um grande sacrifício, quando na verdade eu trabalharia *todos* os turnos dele, pelo resto da minha vida, se ele não contasse para minha mãe sobre Rob.

— O de domingo à noite também.

Mike parecia triunfante. Então ele pareceu se lembrar de que era meu irmão mais velho e que tinha que cuidar de mim, essas coisas, porque ele disse:

— Você não acha que um garoto do último ano é um pouco velho demais pra você? Você só tem 16 anos!

— Não se preocupe, Mikey. Posso cuidar de mim — disse eu.

Mas meu irmão ainda parecia preocupado.

— Eu sei, mas e se esse cara... Você sabe. E se ele tentar alguma coisa?

Era meu mais profundo desejo que ele fizesse isso. Infelizmente, parecia que isso não ia acontecer.

— Mike — insisti. — Não se preocupe com isso. De verdade. Apenas continue espionando Claire Lippman e me deixe namorar de verdade, tá?

Mike ficou meio vermelho, mas não senti pena dele. Afinal, ele estava me chantageando.

Naquela noite, depois que fui dormir, minha mente estava cheia demais de todo o problema com Rob para pensar no que estava acontecendo, vocês sabem, com esse lance de poderes psíquicos. Essa história de crianças desaparecidas não parecia tão importante.

É claro que isso mudou completamente no dia seguinte.

Capítulo 10

Rosemary parecia estranha quando liguei na manhã seguinte. Talvez fosse porque uma outra pessoa atendeu primeiro, e eu perguntei:

— Rosemary está?

O homem que atendeu respondeu:

— Um momento, por favor.

Depois ouvi um clique, e Rosemary entrou na linha.

— Oi — disse eu. — Sou eu, Jess.

— Oi, Jess — disse ela. Mas não parecia tão animada quanto no dia anterior. — Como você está, querida?

— Bem. Tenho mais endereços para você — falei.

Mas ela não parecia muito ansiosa para anotá-los. Ela perguntou:

— Acho que você não leu o jornal, leu, querida?

— Você quer dizer sobre a recompensa? — Passei a unha sobre as palavras *foda-se* que alguém tinha raspado na porta de metal sobre o buraco de moedas do telefone público que eu estava usando. — Li sobre a recompensa, sim. Mas isso me parece errado, receber uma recompensa por uma coisa que qualquer ser humano decente faria de graça. Você entende?

— Ah, entendo sim, querida. Mas não era disso que eu estava falando. Eu estava falando da garotinha sobre quem você falou ontem. Você disse a Larry que a encontrariam ao lado de uma árvore.

— Ah — eu disse.

Eu estava com olhos de águia em busca da Sra. Pitt. Estava determinada a não deixar que ela me pegasse dessa vez. Tudo que vi, no entanto, foi um carro preto que parou no estacionamento dos professores. Dois caras de terno saíram dele. Policiais à paisana, pensei. Alguém obviamente tinha irritado alguém.

— É. Achei isso meio estranho. O que ela estava fazendo ao lado da árvore, afinal?

— Ela não estava ao lado da árvore, querida. Estava debaixo dela. Morta. Alguém a matou e colocou o corpo onde você falou que a encontrariam — revelou Rosemary. — Querida? Jess? Você ainda está aí?

— Tô. Tô sim — respondi.

Morta? A pequena Sei-Lá-Qual-Era-O-Nome-Dela? Morta?

Isso não era mais tão divertido.

E depois não ficou divertido *de verdade*. Porque reparei que os dois policiais à paisana estavam andando em *minha* direção. Achei que eles iam para os escritórios da administração, o que faria sentido, mas em vez disso eles andaram reto na *minha* direção.

De perto, dava para ver que os dois tinham cabelo muito curto, e que ambos estavam de terno. Um deles colocou a mão no bolso da camisa. Quando a mão saiu, estava segurando uma pequena carteira, que ele abriu e esticou em minha direção.

— Olá — disse ele, numa voz agradável. — Sou o agente especial Chet Davies, e este é meu parceiro, o agente especial Allan Johnson. Somos do FBI. Temos algumas perguntas para fazer a você, Jess. Você pode desligar o telefone e vir conosco, por favor?

Na minha orelha, eu ouvia Rosemary dizendo:

— Jess, querida, lamento muito, eu não queria ter nada a ver com isso, mas me obrigaram.

O agente especial Chet Davies me pegou pelo braço, disse:

— Venha, querida. Desligue o telefone.

Não sei o que me fez fazer aquilo. Até hoje, não sei o que me fez fazer aquilo. Mas, em vez de desligar o telefone como o agente pediu, dei uma porrada na cara dele com o fone, com o máximo de força que consegui.

E depois corri.

Mas não fui muito longe. Depois que comecei a correr, me dei conta do quanto eu estava sendo burra. Para onde eu iria? Eu não tinha carro. O quanto eu conseguiria me afastar a pé? Eles eram do FBI. Não eram os policiais de fim de mundo, que são tão gordos que não conseguem correr atrás de uma vaca, muito menos de uma garota de 16 anos que ganhou os 200 metros rasos na aula de Educação Física desde que tinha 10 anos.

Sem ofensas, pessoal.

Mas é como se eu tivesse surtado, ou algo do tipo. E quando eu surto, costumo ir parar sempre no mesmo lugar. Então decidi poupar tempo e ir logo para onde eu terminaria indo de qualquer maneira. Corri até o escritório do Sr. Goodhart, abri a porta e caí sentada na cadeira laranja de vinil ao lado da janela.

O Sr. Goodhart estava comendo um *danish* de queijo. Ele olhou para mim e disse:

— Nossa, Jess, que surpresa agradável. O que a traz aqui tão cedo?

Eu estava ofegando um pouco. Falei:

— Dois caras do FBI acabaram de tentar me levar para o carro deles para ser interrogada, mas dei uma porrada no rosto de um deles e corri para cá.

O Sr. Goodhart pegou uma caneca de café que tinha um desenho do Snoopy e tomou um gole. Depois ele disse:

— Tudo bem, Jess, vamos tentar de novo. Eu digo "O que a traz aqui tão cedo" e você diz alguma coisa do tipo "Ah, não sei, Sr. Goodhart. Fiquei com vontade de vir conversar porque estou indo mal em inglês de novo, e queria saber se o senhor pode me ajudar a convencer a Srta. Kovax a me dar uns créditos extras."

E então a secretária do Sr. Goodhart, Helen, apareceu na porta. Ela parecia perturbada.

— Paul — disse ela. — Tem dois homens aqui...

Mas ela não chegou a terminar, porque o agente especial Chet Davies a empurrou para o lado. Ele estava segurando um lenço no nariz, do qual escorria sangue. Ele sacudiu o distintivo para o Sr. Goodhart, mas o olhar dele, furioso, estava em mim.

— Aquilo foi golpe baixo — disse ele, com a voz meio anasalada, o que não era surpreendente, já que devo ter quebrado uma cartilagem ou algo do tipo. — Mas agredir um agente federal é crime, mocinha. De pé. Vamos dar uma volta.

Eu não me levantei. Mas assim que o agente especial Davies começou a esticar o braço em minha direção, o Sr. Goodhart falou:

— Com licença.

Só isso. Só "com licença".

Mas o agente especial Davies afastou a mão como se eu estivesse pegando fogo ou coisa assim. Depois lançou um olhar muito culpado para o Sr. Goodhart.

— Ah — disse ele. Procurou o distintivo. — Agente especial Chet Davies. Vou levar essa garota para ser interrogada.

O Sr. Goodhart pegou o *danish*, deu uma mordida e o colocou sobre a mesa antes de dizer:

— Não sem os pais dela, não mesmo. Ela é menor de idade.

O agente especial Allan Johnson apareceu naquele momento. Ele mostrou o distintivo, se apresentou e disse:

— Senhor, não sei se está ciente do fato de que essa mocinha é procurada para interrogatório por causa de vários casos de sequestro, assim como assassinato.

O Sr. Goodhart olhou para mim com as sobrancelhas erguidas.

— Você tem andado ocupada, não é, Jess?

Falei, com voz rouca, porque de repente fiquei mais perto de chorar do que em qualquer outra ocasião:

— Eu só estava falando no telefone, e então esses dois homens que eu nunca vi me disseram para entrar no carro com eles. Bem, minha mãe me ensinou a nunca entrar em carros de estranhos, e apesar de eles terem dito que eram agentes do FBI e de terem aqueles distintivos e tudo, como eu ia saber se era verdade? Nunca vi um distintivo do FBI antes. E foi por isso que bati nele. E Sr. Goodhart, acho que vou chorar.

O Sr. Goodhart disse, de um jeito provocativo:

— Você não vai chorar, Jess. Não ficou com medo de verdade desses dois palhaços, ficou?

— Fiquei — insisti, com um soluço. — Fiquei mesmo. Sr. Goodhart, não quero ir para a cadeia!

No final disso tudo, tenho vergonha de dizer que eu não estava mais quase chorando. Eu *estava* chorando. Estava praticamente berrando.

Mas vejam só. Vocês também ficariam com medo se o FBI quisesse interrogar vocês.

Enquanto eu fungava e limpava meus olhos e na minha mente culpava Ruth por essa confusão toda, o Sr. Goodhart olhou para os caras do FBI e disse, com uma voz que não era nada provocativa:

— Vocês dois vão se sentar na sala ali fora. Ela não vai a lugar algum até que os pais dela e o advogado deles cheguem aqui.

Dava para ver no rosto do Sr. Goodhart que ele estava falando sério. Eu nunca senti uma onda de afeição tão grande por ele como naquele momento. Ele pode ser rigoroso com as detenções, mas sempre fica do nosso lado quando precisamos dele.

Os dois caras do FBI pareceram perceber isso. O agente especial Davies soltou um palavrão alto. O parceiro dele pareceu um pouco constrangido por ele e falou para mim:

— Não tivemos a intenção de assustar você, senhorita. Só queríamos fazer algumas perguntas, mais nada. Talvez possamos encontrar um lugar sossegado onde poderíamos esclarecer essa confusão.

— Claro que sim — disse o Sr. Goodhart. — Depois que os pais dela chegarem.

O agente especial Johnson sabia que tinha sido vencido. Ele assentiu e foi para a sala de espera, sentou, pegou um exemplar da *Seventeen* e começou a folheá-la. O agente especial Davies, por outro lado, falou outro palavrão e começou a andar de um lado para o outro da sala de espera, enquanto Helen, a secretária, o observava com nervosismo.

O Sr. Goodhart não parecia nada nervoso. Ele tomou outro gole de café e depois pegou o telefone.

— Tudo bem, Jess. Quem vai ser, sua mãe ou seu pai?

Eu ainda estava chorando bastante mas respondi:

— M-meu pai. Ah, por favor, meu pai.

O Sr. Goodhart ligou para o meu pai no Mastriani's, onde ele estava trabalhando naquela manhã. Como nenhum dos meus pais nunca tinha sido chamado na escola por minha causa, apesar de todas as brigas em que me meti, pude sentir a ansiedade na voz do meu pai quando ele perguntou ao Sr. Goodhart se eu estava bem. O Sr. Goodhart garantiu que sim, mas que talvez fosse bom ligar para o advogado dele, se tivesse um. Meu pai, Deus o abençoe, desligou bruscamente depois de dizer que chegaria em cinco minutos. Ele não perguntou o motivo nem uma vez.

Depois que o Sr. Goodhart desligou, ele olhou para mim, depois pegou uns lenços de papel que tinha para oferecer aos fracassados que se sentavam no escritório dele e choravam o dia inteiro sobre a vida familiar desfuncional ou coisas assim.

Sou uma dessas perdedoras agora, pensei, enquanto assoava o nariz com tristeza.

— Conte-me tudo — disse o Sr. Goodhart.

E então, com um olhar nervoso para os caras do FBI, para garantir que eles não conseguiam ouvir, eu contei. Contei tudo para o Sr. Goodhart, desde ser atingida pelo raio até aquela manhã, quando o agente especial Davies mostrou o distintivo. A única coisa que deixei de fora foram as partes sobre Rob. Achei que o Sr. Goodhart não precisava saber daquilo.

Quando terminei de contar tudo para o Sr. Goodhart, meu pai chegou com nosso advogado, que por acaso também era o pai de Ruth, o Sr. Abramowitz. O agente especial Davies já tinha se recomposto naquele momento e agiu como se nada tivesse acontecido. Como se não tivesse tentado me pegar, e como se eu não tivesse batido no rosto dele com o fone do telefone.

Ah, não. Nada do tipo. Ele foi profissional ao contar para o meu pai e o Sr. Abramowitz sobre como o FBI estava interessado na pessoa que andou fazendo umas ligações para a Organização Nacional das Crianças Desaparecidas usando o telefone público onde eles me encontraram. Pelo que entendi, no Disque-Desaparecidos eles têm identificadores de chamada, então Rosemary soube desde o primeiro dia que eu ligava de Indiana. Tudo que precisaram fazer foi rastrear o local em Indiana, depois me pegar fazendo a ligação.

E então, *voilà*, como diria minha mãe, eles me pegaram.

É claro que a grande questão era o que eles fariam comigo agora que tinham me achado. Pelo que eu sabia, eu não tinha violado nenhuma lei — bem, exceto por atingir um agente federal, e o agente especial Davies não parecia muito a fim de falar sobre isso de novo.

Toda a agitação (dois agentes federais, um pai e um advogado no escritório do Sr. Goodhart) atraiu o diretor, Sr. Feeney. O Sr. Feeney raramente sai da sala dele, exceto algumas vezes, durante as reuniões de estudantes, para nos lembrar de nunca beber e dirigir. Agora ele nos ofereceu a sala de reuniões particular, onde nós sete sentamos — eu, meu pai, o pai de Ruth, os dois agentes especiais, o Sr. Goodhart e o Sr. Feeney — enquanto eu repetia a história que tinha acabado de contar ao Sr. Goodhart.

Acho que pode-se dizer que, quando terminei, eles pareciam... bem, céticos. E era meio difícil de acreditar. Afinal, como tinha acontecido? Como era que eu apenas acordava de manhã sabendo essas coisas sobre essas crianças? Tá, provavelmente tinha sido o raio... Mas como? E por quê?

Ninguém sabia. Meu palpite era que ninguém jamais saberia.

Mas o agente especial Johnson realmente queria saber. Ele me perguntou uma tonelada de coisas. Algumas delas eram bem estranhas. Como, por exemplo, se eu tinha tido algum sangramento nas palmas das mãos ou nos pés.

— Ahn, não — respondi, olhando para ele como se fosse louco.

— Se for verdade — disse ele, depois de eu pensar que ele tinha esgotado todas as perguntas que alguém poderia fazer.

— *Se* for verdade? — interrompeu meu pai.

Meu pai não é o cara mais equilibrado do mundo. Não que ele fique irritado com frequência. Ele raramente fica irritado. Mas, quando fica, é melhor ter cuidado. Uma vez, um cara na piscina municipal ficou seguindo Douglas e o chamando de retardado. Isso foi quando Douglas tinha uns 11 ou 12 anos. O cara tinha uns 20 anos, pelo menos, e talvez não fosse muito bom da cabeça. Mas isso não importou para o meu pai. Ele puxou o cara e bateu nele, e *depois* segurou a cabeça dele debaixo d'água, até o salva-vidas fazê-lo parar.

Foi muito legal.

— *Se?* — repetiu meu pai. — Você está duvidando da palavra da minha garotinha aqui?

O agente especial Johnson provavelmente não sabia da história do cara na piscina, mas pareceu ficar com medo mesmo assim. Porque dava para ver que meu pai sentia muito orgulho de mim. Não só porque não chorei dessa vez, enquanto contava minha versão da história, mas porque, se você for pensar bem, o que fiz foi muito legal. Eu encontrei algumas crianças desaparecidas. É verdade que uma estava morta, mas jamais saberíamos se não fosse por mim. E considerando que ele tinha um filho esquizofrênico, e outro que era totalmente antissocial, mesmo tendo entrado em Harvard, bem, acho que meu pai estava meio eufórico que pelo menos um dos filhos dele estava fazendo uma coisa boa, sabem?

O agente especial Johnson ergueu uma mão e disse:

— Não, senhor. Não me interprete mal. Acredito na história da Srta. Mastriani de todo o coração. Só estou dizendo que, se for verdade, bem, então ela é uma jovem muito especial e merece ter tratamento especial.

Pensei que ele estivesse falando em um desfile em carro aberto pela cidade de Nova York, como fizeram para os Yankees no ano em que eles ganharam o campeonato mundial. Eu não me importaria de desfilar em carro aberto, desde que ele não fosse muito devagar.

Mas meu pai imediatamente suspeitou de que ele estivesse falando sobre outra coisa.

— Que tipo de tratamento? — perguntou ele, desconfiado.

— Bem, normalmente em casos como esse... E devo dizer que nós do FBI respeitamos muito as pessoas com percepção extrassensorial como a Srta. Mastriani. Na verdade, nós procuramos com frequência receber conselhos de médiuns quando nos vemos num beco sem saída durante uma investigação.

— Aposto que sim. O que isso tem a ver com Jess? — Meu pai ainda parecia desconfiado.

— Bem, gostaríamos de convidar a Srta. Mastriani, com sua permissão, é claro, senhor, para ir a uma das nossas unidades de pesquisa, para que possamos aprender mais sobre esse seu talento impressionante.

Eu imediatamente me lembrei de um dos meus filmes favoritos quando criança, *A montanha enfeitiçada*. Se você também já viu, vai se lembrar que as crianças, que têm PES (ou percepção extrassensorial, como o agente especial Johnson chamou), são mandadas para uma "unidade de pesquisa" especial onde, apesar de terem uma máquina de refrigerante no quarto (coisa que me impressionou muito, já que minha mãe não me deixava ter nem um forninho elétrico por medo de eu botar fogo na casa), eram basicamente mantidas como prisioneiras.

— Hum — falei alto. Já que ninguém estava exatamente falando comigo, todos viraram a cabeça e olharam para mim. — Não, obrigada.

O Sr. Goodhart, que obviamente não tinha visto *A montanha enfeitiçada*, falou:

— Espere um minuto, Jess. Vamos ouvir o que o agente especial Johnson tem a dizer. Não é todo dia que alguém com seu talento aparece. É importante tentarmos aprender o máximo possível sobre o que aconteceu com você, para que possamos entender melhor os modos extraordinários pelos quais a mente humana trabalha.

Olhei com raiva para o Sr. Goodhart. Que traidor! Eu não conseguia acreditar.

— Eu não vou — repeti, numa voz que era alta demais para a sala de reuniões do Sr. Feeney — para nenhuma unidade especial de pesquisa em Washington, D.C.

O agente especial Johnson disse:

— Ah, mas essa é bem aqui em Indiana. Fica a apenas uma hora daqui, na Base Militar Crane, para ser mais preciso. Lá podemos estudar adequadamente o talento extraordinário da Srta. Mastriani. Talvez ela até possa nos ajudar a encontrar mais pessoas desaparecidas. Quando você ligou para a Organização das Crianças Desaparecidas hoje de manhã, Srta. Mastriani, era porque sabia a localização de mais uma criança desaparecida, não era?

Olhei de cara feia para ele.

— Sim — falei. — Mas nem cheguei a ter a chance de dizer isso a eles. Vocês dois me fizeram esquecer completamente dos endereços.

Isso era uma grande mentira, mas eu estava de mau humor. Não queria ir para a Base Militar Crane. Não queria ir a lugar algum. Queria ficar onde sempre estive. Queria ir para a detenção depois da aula e sentar ao lado de Rob. Em que outra ocasião eu teria oportunidade de vê-lo?

E Karen Sue Hanky tinha me desafiado de novo. Eu tinha que dar um banho nela mais uma vez. *Precisava* dar um banho nela mais uma vez. *Esse* era meu talento especial. Não essa coisa esquisita que andava acontecendo ultimamente...

— Tem muito mais gente desaparecida no mundo, Srta. Mastriani — disse o agente especial Johnson —, do que aparece na parte de trás das caixas de leite. Com sua ajuda, poderíamos encontrar prisioneiros de guerra desaparecidos, por cujo retorno as famílias vêm rezando há vinte, até mesmo trinta anos. Poderíamos localizar pais caloteiros e fazê-los pagar o dinheiro da pensão do qual as crianças tanto precisam. Poderíamos encontrar serial killers cruéis antes que eles matassem novamente. O FBI oferece recompensas significativas em dinheiro em troca de informações que levem à prisão de indivíduos contra os quais há ordem de prisão.

Dava para ver que meu pai estava caindo totalmente nisso. Eu mesma me peguei caindo um pouco. Quero dizer, é que seria muito legal reunir famílias com os entes amados desaparecidos, ou pegar caras maus e vê-los receber a punição merecida.

Mas por que eu tinha que ir fazer isso em uma base do exército?

Então perguntei isso a ele. E acrescentei:

— Na verdade, pode nem dar certo. E se eu só conseguir encontrar essas pessoas da minha própria cama, na minha própria casa? Por que eu teria que ir fazer isso na Base Militar Crane? Por que não me deixam fazer isso de Lumley Lane?

O agente especial Johnson e o agente especial Davies se entreolharam. Todo mundo olhou para eles também, com expressões de *É mesmo, por que não?*

Finalmente, o agente especial Johnson disse:

— Bem, você poderia, Jessica. — Percebi que ele não estava mais me chamando de Srta. Mastriani. — É claro que sim. Mas nossos pesquisadores adorariam fazer alguns exames. E o fato de que tudo isso parece ter surgido depois de você ter sido atingida por um raio... Bem, não quero soar alarmista, mas acho que você deveria ver esses exames com gratidão. Porque já descobrimos que, em casos como o seu, às vezes há danos a órgãos vitais internos que passam despercebidos por meses, e depois...

Meu pai se inclinou para a frente.

— E depois o quê?

— Bem, frequentemente a pessoa simplesmente cai morta, Sr. Mastriani, de um ataque do coração. Ser atingido por um raio provoca um esforço gigantesco no coração. Ou de embolia, aneurisma... Muitas complicações podem aparecer e com frequência aparecem. Um exame médico detalhado...

— Que eu poderia fazer aqui — interrompi, não gostando do rumo que a conversa estava tomando. — No consultório do Dr. Hinkle. — O Dr. Hinkle era o médico da nossa família durante toda a minha vida. Ele tinha, claro, errado no diagnóstico da esquizofrenia de Douglas, dizendo que era distúrbio de déficit de atenção, mas ora, ninguém acerta sempre.

— Certamente — disse o agente especial Johnson. — Certamente. No entanto, um clínico geral normalmente não está preparado para detectar as mudanças sutis que ocorrem em um corpo que sofreu da maneira como o seu.

— Quanto às recompensas em dinheiro... — disse o Sr. Feeney de repente.

Olhei com raiva para ele. Que babaca. Dava para ver que estava tentando encontrar um ângulo pelo qual pudesse colocar as mãos no dinheiro da recompensa e com isso mandar fazer um novo armário de troféus para o corredor de entrada, para que ele pudesse exibir todos os troféus idiotas dos campeonatos estaduais, ou sei lá. Meu Deus, eu odeio a escola.

Aquilo foi o suficiente. Para mim, já bastava. Fiquei de pé, empurrando a cadeira para trás (que era bem mais fácil do que as cadeiras em qualquer uma das salas de aula: tinha rodinhas e era feita de um material macio e fofinho que certamente não podia ser couro de verdade, ou o Sr. Feeney teria tido problemas com o conselho escolar por gastar demais) e disse:

— Tudo bem, se vocês não vão me prender, acho que eu gostaria de ir para casa agora.

— Ainda não acabamos aqui, Jess — disse o agente especial Johnson.

Nesse momento, uma coisa extraordinária aconteceu. Meu lábio inferior começou a se projetar um pouco para a frente (acho que eu ainda estava um pouco nervosa com a possibilidade de eles me prenderem) e meu pai, percebendo isso, ficou de pé e disse:

— Não.

Não. Só isso. Não.

— Vocês intimidaram minha filha o bastante por um dia. Vou levá-la para casa agora, para a mãe dela.

Os agentes especiais Johnson e Davies trocaram olhares. Eles não queriam me deixar ir. Mas meu pai já estava andando em minha direção, pegando minha mochila e minha flauta e colocando uma mão no meu ombro.

— Vamos, Jess — disse ele. — Estamos de saída.

O pai de Ruth, enquanto isso, estava enfiando a mão no bolso. Ele tirou alguns cartões de visita e os deixou sobre a mesa de reuniões do Sr. Feeney.

— Se os cavalheiros precisarem entrar em contato com os Mastriani — disse ele para os agentes —, podem fazer isso por intermédio do meu escritório. Tenham um bom-dia.

O agente especial Johnson parecia decepcionado, mas tudo que ele disse foi que eu deveria ligar para ele no minuto em que eu mudasse de opinião sobre a Base Militar Crane. Depois me deu seu cartão. O agente especial Davies, quando estava saindo da sala de reuniões, fez uma arma com o indicador e o polegar e atirou em minha direção. Achei isso um pouco assustador, considerando que suas narinas estavam cheias de sangue seco e que um hematoma escuro estava começando a aparecer na parte de cima do nariz...

O Sr. Feeney foi bem legal ao me deixar sair sem assistir ao resto das aulas do dia. Ele nunca mencionou nada sobre eu compensar a detenção, e depois eu me dei conta de que era porque ele nem sabia que eu tinha detenção de agora até o fim do semestre. O Sr. Feeney não presta muita atenção aos alunos.

Mas o Sr. Goodhart, que sabe de tudo, não tocou no assunto de ter que compensar a detenção também. Isso foi porque eu implorei a ele há muito tempo para que não perturbasse meus pais com nada, por conta dos problemas com Douglas e tudo. Ele foi fiel à palavra dele, apesar de ter dito que gostaria que eu repensasse sobre a história da Base Militar Crane. Eu concordei, apesar de não ter a menor intenção de fazer isso.

Meu pai me levou de carro para casa. No caminho, paramos no Wendy's e ele comprou um milkshake para mim. Isso era meio que uma piada interna para nós, porque ele costumava comprar um milkshake para mim todo dia ao sairmos do hospital quando precisei tratar uma queimadura em terceiro grau na panturrilha. Isso aconteceu quando encostei no cano de descarga da Harley do nosso vizinho, Dr. Feingold, um neurologista, que tinha comprado uma Harley-Davidson verde toda reformada quando fez 50 anos. Quando eu era pequena, sempre implorava que ele me levasse para passear. O Dr. Feingold me levava com uma certa frequência, provavelmente só para me fazer parar de pedir. Ele me avisou sobre o cano de descarga um milhão de vezes, mas esqueci um dia e pronto. Tive uma queimadura de terceiro grau do tamanho de um punho fechado. Ainda tenho a cicatriz, apesar de a unidade de queimados do hospital ter trabalhado com dedicação todo dia durante três meses para remover a pele infeccionada.

O modo como removeram a pele foi pior do que a queimadura em si, no entanto. Com pinças. Eu desmaiava toda vez. Então, para me animar, meu pai me levava ao Wendy's para tomar um milkshake. Portanto, vocês podem perceber que esse gesto era bastante sentimental, apesar de provavelmente não parecer assim para você. Era uma questão de compartilhar um momento de união do passado. O Sr. Goodhart teria acreditado.

Enfim, no nosso caminho para casa, papai concordou em dar a notícia a mamãe, mas não contar para mais ninguém (eu o fiz prometer), e concordei em não esconder segredo nem nada dele. Mas não contei a ele sobre Rob, porque esse era um segredo do qual eu suspeitava que o FBI não desconfiava, então provavelmente não seria quase presa por causa dele.

Além disso, eu estava muito mais preocupada com a reação da minha mãe ao descobrir sobre Rob do que sobre meus poderes em relação às crianças das caixas de leite.

Capítulo 11

No final, é claro, não era meu pai que eu devia ter feito jurar manter segredo.

Era o Sr. Feeney.

Não sei se ele achou que poderia botar as mãos no dinheiro das recompensas de alguma maneira, ou se decidiu que contar tudo faria sua escola se destacar das outras em Indiana — como se, por ter sido debaixo da arquibancada dele que fui eletrocutada, de alguma maneira isso tornasse a Ernest Pyle High School especial.

Mas, de qualquer modo, quando o jornal da cidade chegou à nossa varanda naquela tarde (o jornal da cidade saía às três horas da tarde todo dia em vez de às sete da manhã, então nem os repórteres e nem ninguém precisava acordar cedo demais), havia uma gigantesca foto minha na primeira página: a lisonjeira foto do anuário do segundo ano, na verdade, na qual minha mãe me fez usar um dos horrendos vestidos feitos em casa, sob uma manchete que dizia TOCADA PELO DEDO DE DEUS.

Eu mencionei que tem mais igrejas na nossa cidade do que lanchonetes? O sul de Indiana é muito religioso.

O artigo descrevia como eu tinha salvado todas aquelas crianças depois de ter sido tocada pelo dedo de Deus, ou um simples raio, como é chamado pela comunidade não-religiosa. O artigo seguia dizendo que eu era apenas uma estudante normal que tocava flauta na terceira posição na orquestra da escola e que nos fins de semana ajudava meu pai nos restaurantes, os quais eles listaram. Eu sabia que aquilo tudo não podia ter partido do Sr. Feeney, já que ele não me conhecia tão bem. Concluí que o Sr. Goodhart devia ter tido alguma coisa a ver com o artigo também.

E, eu tenho que dizer, isso meio que me magoou, sabem? Apesar de ele não ter mencionado nada sobre o problema de Douglas e nem sobre minha detenção, ele tinha falado de tudo mais que sabia. Não há nenhuma cláusula de confidencialidade com conselheiros de escola? Eles não podem arrumar problemas por causa disso?

Mas, quando meu pai ligou para o Sr. Abramowitz e perguntou a ele, sua resposta foi:

— Você não pode provar que a informação veio do conselheiro. Veio de alguém da escola, com certeza. Mas você não pode provar que foi o conselheiro.

Ainda assim, o pai de Ruth começou a montar um processo direcionado a acusar a Ernest Pyle High School por fornecer minha foto escolar ao jornal. Isso, disse o Sr. Abramowitz, era invasão de privacidade. Ele parecia bem feliz com isso. O pai de Ruth não tem casos muito interessantes. Na maioria das vezes, ele cuida de divórcios.

Minha mãe ficou feliz com isso também. Não me perguntem a razão, mas a história toda parecia encantá-la. Ela estava no céu. Queria que eu desse uma entrevista coletiva na sala de jantar principal do Mastriani's. Ficava falando sobre quanto dinheiro isso traria ao restaurante, ao servir comida a todos os repórteres de fora da cidade. Ela até começou a escolher estampas de tecidos, naquele exato momento, para o que ela ia querer que eu usasse nessa entrevista coletiva. Estou dizendo, ela ficou maluca. Eu achava que ela ia reagir de uma maneira toda esquisita, sabem? Considerando a mentalidade dela de *eu só quero ser normal*. Mas isso acabou rapidinho quando ela ouviu falar das recompensas.

— Quanto? — queria saber. — Quanto por criança?

Estávamos jantando fettuccine com molho cremoso de cogumelos naquele momento. Meu pai falou:

— Toni, as recompensas não são a questão. A questão é que Jessica é uma garota, e eu não a quero exposta à mídia numa idade tão...

— Mas são 10 mil dólares por criança? — insistia minha mãe. — Ou só por aquela criança?

— Toni...

— Joe, estou apenas dizendo que 10 mil dólares não são algo para se olhar com desprezo. Poderíamos comprar um novo réchaud e outras coisas para o Joe Junior...

— Vamos juntar dinheiro para o réchaud do Joe Junior da maneira tradicional — disse meu pai. — Vamos pegar um empréstimo.

— Desconsiderando que já teremos que pegar um empréstimo para pagar a faculdade de Michael.

Michael, cuja única reação à notícia sobre minha recém-descoberta habilidade psíquica foi me perguntar se eu sabia onde o homem de turbante azul, que Nostradamus previu ser quem começaria a Terceira Guerra Mundial, estava atualmente, revirou os olhos.

— Não revire os olhos para mim, rapaz — disse minha mãe. — Harvard foi muito generosa com a bolsa parcial de estudos, mas ainda não é o bastante...

— Principalmente — disse meu pai, passando o pão de semolina no molho que restava no fundo do prato — se Dougie voltar para a State.

Isso bastou. Minha mãe soltou o garfo com força.

— Douglas — disse ela — não vai voltar para aquela faculdade. Nunca.

Meu pai parecia cansado.

— Toni — pediu. — O garoto vai ter que estudar. Ele não pode ficar sentado naquele quarto lá em cima lendo quadrinhos pelo resto da vida. As pessoas já estão começando a chamá-lo de Boo Radley.

Boo Radley, eu me lembrava da aula de inglês do primeiro ano, era o cara em *O sol é para todos* que nunca saía de casa, apenas ficava sentado cortando jornais o dia inteiro, que é o que as pessoas faziam antes de haver TV. Foi bom Douglas ter se recusado a descer para jantar, pois ele podia ter ouvido e ficado ofendido. Para um cara que tinha tentado se matar, Douglas é muito sensível quanto a ser chamado de estranho.

— Por que não? — perguntou minha mãe. — Por que ele não pode ficar sentado no quarto dele pelo resto da vida? Se é isso que ele quer fazer, por que você não pode deixá-lo fazer isso?

— Porque ninguém pode fazer só aquilo que quer, Toni. Eu quero ficar deitado no quintal numa rede o dia todo — disse meu pai, apontando com o polegar para o próprio peito. — Jess quer percorrer o país numa moto. E Mikey... — Ele olhou para Michael, que estava ocupado mastigando. — Bem, não sei que diabos Mikey quer fazer...

— Transar com a Claire Lippman — sugeri, fazendo com que Michael me chutasse com força por debaixo da mesa.

Meu pai me deu um olhar ameaçador e continuou:

— Mas seja o que for, Toni, ele não vai fazer. Ninguém faz só o que quer fazer, Toni. Todos fazem o que *deveriam* fazer, e Douglas *deveria* voltar pra faculdade.

Aliviada pelo foco ter saído de mim, pedi licença e levei meu prato para a cozinha. Eu não tinha falado com Ruth o dia todo. Estava ansiosa para ver o que ela pensava dessa coisa toda. Quero dizer, não é todo dia que sua melhor amiga vai parar na primeira página do jornal local.

Mas nunca cheguei a descobrir o que Ruth achava da coisa toda. Porque, quando saí para a varanda, me preparando para pular a cerca de plantas que separava nossas casas, dei de cara com o que parecia um exército de repórteres estacionado em frente à nossa casa e apontando câmeras e microfones na minha direção.

— Lá está ela! — Uma delas, uma apresentadora de telejornal que reconheci ser do Canal Quatro, veio cambaleando pelo meu gramado, os saltos afundando na grama. — Jessica! Jessica! Como se sente sendo uma heroína nacional?

Olhei para o microfone sem expressão alguma no rosto. E então um milhão de outros microfones apareceram na minha cara. Todo mundo começou a fazer perguntas ao mesmo tempo. Era a entrevista coletiva da minha mãe, só que eu estava usando jeans e camiseta. Não tinha tido tempo nem de pentear o cabelo.

— Hum — disse eu nos microfones.

E então meu pai chegou, me puxou para dentro de casa e mandou os repórteres saírem da propriedade particular dele. Ninguém ouviu — pelo menos não até a polícia chegar. Aí vimos como todos os almoços de graça que meu pai dera aos policiais compensaram. Nunca ninguém viu pessoas tão furiosas quanto aqueles policiais quando entraram na Lumley Lane e não conseguiram encontrar nenhum lugar para parar por conta das muitas vans que bloqueavam o caminho. Há tão poucos crimes na nossa região que, quando um acontece, nossos garotos de azul agem com destreza.

Quando tiraram todos os repórteres do nosso gramado, eles ficaram enlouquecidos, mas de um jeito diferente do da minha mãe. Eles ligaram para a delegacia e, pouco tempo depois, chegaram com os equipamentos mais modernos, como escudos contra tumultos, cães farejadores de drogas e granadas. O que você puder imaginar, eles trouxeram, e pareciam bastante dispostos a usar o equipamento nos repórteres, alguns dos quais trabalhavam para redes de TV bem conhecidas.

Tenho que dizer que fiquei impressionada. Mike e eu observamos a coisa toda da minha janela. Mike até entrou na internet e fez uma busca com meu nome, e disse que já havia 270 sites que mencionavam Jessica Mastriani. Ninguém tinha recortado meu rosto e colocado sobre o corpo de uma coelhinha da Playboy, mas Mike disse que era apenas uma questão de tempo.

E então o telefone começou a tocar.

As primeiras ligações eram de repórteres que estavam do lado de fora da casa, ligando dos celulares. Queriam que eu saísse e desse uma declaração, só uma. E então prometiam ir embora. Meu pai desligou na cara deles.

Depois, pessoas que não eram repórteres, mas que a gente não conhecia, começaram a ligar, perguntando se eu estava disponível para ajudá-las a encontrar um parente desaparecido, um filho, um marido, um pai. A princípio meu pai foi gentil com elas e disse que não funcionava dessa maneira, que eu tinha que ver uma foto da pessoa desaparecida. Então elas começaram a dizer que iam mandar uma foto por fax ou por e-mail. Algumas disseram que iriam até lá em casa levando uma foto, que estariam lá em algumas horas.

Aí meu pai arrancou o telefone da parede.

Eu era uma celebridade. Ou uma prisioneira em minha própria casa. O que vocês preferirem.

Eu ainda não tinha conseguido falar com Ruth, e queria muito fazer isso. Mas, como eu não podia sair e nem ligar, a única coisa que podia fazer era mandar uma mensagem instantânea do computador de Michael. Ele estava com pena de mim, apesar da minha piadinha sobre Claire Lippman, então deixou.

Ruth, no entanto, não ficou muito feliz em receber uma mensagem minha.

Ruth: Por que DIABOS você não me contou nada disso?
Eu: Olha só, Ruth. Eu não contei pra *ninguém*, tá? Era tudo muito esquisito.
Ruth: Mas teoricamente eu sou sua melhor amiga.
Eu: Você é minha melhor amiga.
Ruth: Aposto que você contou pro Rob Wilkins.
Eu: Juro que não.
Ruth: Ah, tá. Você não contou pro cara que tá pegando que é paranormal. Acredito muito nisso.
Eu: Primeiro lugar, eu não estou pegando Rob Wilkins. Segundo, você acha mesmo que eu queria que alguém soubesse disso? É muito esquisito. Você sabe que gosto de ser discreta.
Ruth: Não foi nada legal você esconder isso de mim. Sabia que as pessoas da escola estão me ligando e perguntando se eu sabia, e tenho que fingir que sim, só pra não pagar mico? Você é a pior melhor amiga que eu já tive.
Eu: Eu sou a *única* melhor amiga que você já teve. E você não tem direito nenhum de estar com raiva, já que tudo isso é culpa sua, por ter me feito andar naquela tempestade idiota.

Ruth: O que você vai fazer com o dinheiro da recompensa? Você sabe que estou precisando de um som novo pro meu carro. E Skip mandou dizer que quer o novo Tomb Raider.

Eu: Diga para Skip que não vou comprar nada pra ele até que peça desculpas por aquele lance de prender minha Barbie no foguete de garrafa.

Ruth: Não sei como a gente vai conseguir ir pra escola amanhã. A rua está bloqueada. Parece uma cena de *Amanhecer violento* lá embaixo.

E na verdade, Ruth estava certa. Com os policiais formando um escudo protetor na frente da minha casa e nossa entrada da garagem bloqueada, parecia mesmo que os russos estavam chegando ou algo assim. Ninguém podia passar pela nossa rua sem comprovar para os policiais que morava aqui. Por exemplo, se Rob quisesse passar de moto (não que ele fosse querer, mas vamos imaginar que ele pegasse algum caminho errado ou coisa assim), não poderia. Os policiais não o deixariam passar.

Tentei não deixar que isso me incomodasse. A conversa com Ruth acabou depois de eu garantir que, apesar de não ter contado a ela, não tinha contado para mais ninguém também, o que pareceu acalmá-la um pouco, principalmente depois que falei que, se ela quisesse, podia dizer para todo mundo que já sabia. Para mim, tanto faz. Isso a deixou muito feliz, e acho que depois que acabou de conversar comigo, ela deve ter procurado Muffy e Buffy e todas as meninas populares ridículas por cuja amizade ela tanto anseia, por razões que nunca consegui entender.

Peguei minha flauta e ensaiei um pouco, mas, para falar a verdade, não me dediquei de coração. Não porque eu estivesse pensando nesse negócio de paranormalidade. Por favor. Isso teria feito sentido.

Não. Apesar da minha decisão de não permitir que isso acontecesse, meus pensamentos sempre voltavam para Rob. Será que ele se perguntou onde eu estava, quando não apareci na detenção hoje à tarde? Se ele tentasse me ligar para saber onde eu estava, não conseguiria, já que meu pai tinha desligado o telefone. Ele devia ter visto o jornal, certo? Quero dizer, é de se imaginar que, agora que ele sabia que eu tinha sido tocada pelo dedo de Deus, poderia querer falar comigo, certo?

É de se imaginar. Mas acho que não. Porque, apesar de eu ter ficado prestando atenção, não ouvi o roncar da moto dele.

E acho que não foi porque os policiais não o deixariam passar pelo bloqueio. Acho que ele nem tentou.

Isso é que é amor não correspondido. O que há de *errado* com vocês, rapazes, hein?

Capítulo 12

Quando acordei na manhã seguinte, estava meio mal-humorada pelo fato de Rob preferir ficar fora da cadeia a passar o tempo comigo. Mas me animei um pouco quando lembrei que não precisava mais me esconder e procurar um telefone público para ligar para o Disque-Desaparecidos. Eu podia ligar para lá direto da minha casa. Então me levantei, religuei o telefone e disquei.

Rosemary não atendeu, então pedi para falar com ela. A senhora que atendeu perguntou:

— Você é Jess?

— Sou sim — respondi.

— Espere um pouco — disse ela.

Só que, em vez de me passar para Rosemary, ela me passou para o imbecil do supervisor da Rosemary, Larry, com quem eu tinha falado no dia anterior. Ele falou:

— Jessica! Que prazer. Muito obrigado por ligar. Você tem mais endereços para nós hoje? Infelizmente fomos interrompidos ontem...

— Fomos mesmo, Larry — comecei —, já que você ligou para o FBI. Agora chame a Rosemary ou desligo o telefone.

Larry pareceu meio surpreso.

— Espere um pouco, Jess — disse ele. — Não pretendíamos deixá-la chateada. Mas você precisa entender que, quando recebemos uma ligação como a sua, somos obrigados a investigar...

— Larry — interrompi —, eu entendo perfeitamente. Agora coloque Rosemary na linha.

Larry fez vários barulhos indignados, mas acabou passando o telefone para Rosemary. Ela parecia bastante chateada.

— Ah, Jess — disse ela. — Lamento muito, querida. Gostaria de poder ter dito alguma coisa, de ter avisado você de alguma forma. Mas, sabe, eles rastreiam todas as ligações...

— Tudo bem, Rosemary — falei. — Nada de mal aconteceu. Afinal, que garota não quer uma equipe de TV no jardim da sua casa?

— Bem, pelo menos você consegue rir de tudo isso. Não sei se eu conseguiria — disse Rosemary.

— Águas passadas — falei. Naquele momento, eu realmente pensava assim. — Olha só, tem as duas crianças de ontem, e tenho duas outras, se você estiver pronta.

Rosemary estava. Ela anotou a informação que passei e disse:

— Deus a abençoe, querida.

Depois desligou. Desliguei também e comecei a me aprontar para a escola.

É claro que era mais fácil falar do que fazer. Do lado de fora de casa, era um circo de novo. Havia mais vans do que nunca, algumas com antenas via satélite gigantes em cima. Havia repórteres em pé na frente delas, e, quando liguei a TV, foi meio surreal, porque em quase todos os canais, dava para ver a minha casa com alguém em pé na frente dela dizendo:

— Estou aqui em frente a esta charmosa casa em Indiana, uma casa que foi declarada herança histórica pelo condado, mas que atingiu fama internacional por ser o lar da heroína Jessica Mastriani, cujos poderes psíquicos extraordinários levaram à recuperação de seis crianças desaparecidas...

Os policiais estavam lá também. Quando desci, minha mãe já estava levando para eles a segunda rodada de café e biscoitos. Estavam engolindo tudo quase tão rápido quanto ela conseguia trazer o refil.

E, é claro, no minuto em que eu botei o telefone no gancho, ele começou a tocar. Quando meu pai atendeu e alguém pediu para falar comigo mas não quis dizer quem era, ele tirou o telefone da tomada de novo.

Em outras palavras, tudo estava uma confusão.

Mas nenhum de nós se deu conta do quão ruim era a confusão até que Douglas entrou na cozinha com os olhos meio arregalados.

— Eles estão atrás de mim — disse.

Quase engasguei com meu cereal. A única hora em que Douglas começa a falar sobre "eles" é quando está tendo um episódio.

Meu pai também percebeu que alguma coisa estava errada. Colocou a xícara de café sobre a mesa e olhou para Douglas com preocupação.

Só minha mãe não se deu conta. Estava colocando mais biscoitos em um prato e respondeu:

— Não seja ridículo, Dougie. Estão atrás de Jessica, não de você.

— Não — disse Douglas, balançando a cabeça. — É a mim que eles querem. Está vendo aquelas antenas? Aquelas antenas em cima das vans? Estão examinando as minhas ondas cerebrais. Estão usando aquelas antenas para examinar as minhas ondas cerebrais.

Soltei minha colher. Meu pai falou com gentileza:

— Doug, você tomou seu remédio ontem?

— Vocês não estão vendo? — Douglas, rápido como um relâmpago, tirou os biscoitos da mão da minha mãe e jogou o prato no chão. — Vocês estão todos cegos? É a mim que eles querem! Eu!

Meu pai deu um salto e passou os braços ao redor de Douglas. Afastei minha tigela de cereal e disse:

— É melhor eu ir. Se eu for, talvez eles me sigam...

— Vá — disse meu pai.

Fiquei de pé, peguei minha flauta e minha mochila e fui em direção à porta.

Eles me seguiram. Ou, devo dizer, seguiram Ruth, que conseguiu convencer os policiais a deixá-la sair da garagem dela e entrar direto na minha. Pulei no banco da frente e fomos embora. Se eu não estivesse tão preocupada com Douglas, teria gostado de ver todos os repórteres tentando entrar nas vans para nos seguir. Mas eu estava preocupada. Douglas estava tão bem antes. O que tinha acontecido?

— Bem — disse Ruth. — Você tem que admitir, é muita coisa para engolir.

— Muita coisa o quê?

Ruth esticou o braço para ajustar o retrovisor.

— Hum — disse ela, olhando diretamente nele. — Aquilo.

Olhei para trás. Tínhamos uma escolta policial, um grupo de policiais de moto seguindo ao nosso lado para impedir que as hordas de jornalistas nos abordassem com agressividade demais. Mas havia muito mais vans de jornalistas do que eu pensava, e todas estavam vindo em nossa direção. Não seria divertido quando tentássemos sair do carro.

— Talvez não os deixem entrar no terreno da escola — comentei, esperançosa.

— Ah, tá. Feeney vai estar lá com um enorme cartaz de boas-vindas. Você está brincando?

— Bem, talvez se eu falasse com eles... — pensei alto.

E foi assim que, logo antes do começo da primeira aula, me vi de pé na escadaria da escola, ouvindo perguntas dos repórteres que vi na TV a minha vida toda.

— Não — falei, em resposta a uma pergunta. — Não doeu, não. Só me fez sentir tipo uma cosquinha.

— Sim — disse eu para outro repórter. — Acho que o governo deveria fazer mais para encontrar essas crianças.

— Não — respondi a outra pergunta. — Não sei onde Elvis está.

O Sr. Feeney, exatamente como Ruth havia previsto, estava lá. E com um grupo de repórteres próprio. Ele e o Sr. Goodhart estavam ao meu lado enquanto eu respondia às perguntas dos repórteres. O Sr. Goodhart parecia pouco à vontade, mas o Sr. Feeney, dava para ver, estava se divertindo à beça. Ele ficava dizendo para quem quisesse ouvir que a Ernest Pyle High School tinha vencido o campeonato estadual de basquete em 1997. Como se alguém se importasse.

E então, no meio dessa entrevista coletiva improvisada, algo aconteceu. Algo que mudou tudo, mais ainda do que o episódio de Douglas.

— Srta. Mastriani — gritou alguém no meio da multidão de repórteres —, você sente alguma culpa pelo fato de Sean Patrick O'Hanahan dizer que, quando a mãe dele o sequestrou, há cinco anos, foi para protegê-lo do pai abusivo?

Pisquei. Era mais um belo dia de primavera, com a temperatura já subindo para a casa dos 20 graus. Mas, de repente, fiquei gelada.

— *O quê?* — exclamei, examinando a multidão, tentando descobrir quem estava falando.

— E que você ter revelado o paradeiro de Sean para as autoridades — prosseguiu a voz — não só botou a vida dele em perigo, mas também colocou a liberdade da mãe em risco?

E, nesse momento, em vez de haver um mar de pessoas na minha frente, havia só um rosto. Eu nem saberia dizer se estava realmente o vendo ou se era apenas a minha imaginação. Mas lá estava ele, o rosto de Sean, como eu vi naquele dia em frente da casinha de tijolos em Paoli. Um rosto pequeno, branco como papel, as sardas se destacando. Os dedos dele me apertando, tremendo.

"*Não conte para ninguém*", ele tinha sibilado para mim. "*Nunca conte para ninguém que me viu, entendeu?*"

Ele tinha me implorado para não contar. Tinha me segurado com força e me implorado para não contar.

Mas eu contara mesmo assim. Porque achava, honestamente, que ele estava sendo mantido preso contra sua vontade, por pessoas que temia. Ele certamente tinha agido como alguém com medo.

E isso era porque ele *tinha* medo: de mim.

Achei mesmo que estava fazendo a coisa certa. Mas não tinha feito a coisa certa. Não tinha feito a coisa certa de jeito nenhum.

Os repórteres ainda estavam gritando perguntas para mim. Eu as ouvi, mas era como se eles as estivessem gritando de muito longe.

— Jessica? — O Sr. Goodhart estava olhando para mim. — Você está bem?

"*Não sou Sean Patrick O'Hanahan.*" Sean tinha me dito naquele dia em frente à casa dele. "*Então você pode ir embora, ouviu? Você pode ir embora.*"

"*E nunca mais volte aqui.*"

— Chega. — O Sr. Goodhart passou o braço em volta dos meus ombros e começou a me levar para dentro da escola. — Foi o bastante por hoje.

— Espere — disse eu. — Quem disse aquilo? Quem disse aquilo sobre Sean?

Mas, infelizmente, assim que os repórteres perceberam que eu estava indo embora, todos começaram a gritar perguntas ao mesmo tempo, e eu não consegui descobrir quem perguntara sobre Sean Patrick O'Hanahan.

— É verdade? — perguntei ao Sr. Goodhart enquanto caminhávamos de volta para a escola.

— O que é verdade?

— O que o repórter disse, é verdade? — Meus lábios estavam estranhos, como se eu tivesse ido ao dentista e passado xilocaína. — Sobre Sean Patrick O'Hanahan não ter sido sequestrado?

— Não sei, Jessica.

— A mãe dele pode mesmo ser presa?

— Não sei, Jessica. Mas, se for verdade, não é sua culpa.

— Como não é minha culpa? — Ele estava me acompanhando até a sala de aula. Pela primeira vez eu estava atrasada e ninguém dava a menor bola. — Como o senhor sabe que não é minha culpa?

— Nenhuma corte na face da terra — disse o Sr. Goodhart — daria a custódia de uma criança a um violento. A mãe provavelmente fez uma lavagem cerebral na criança para que o menino pensasse que o pai batia nele.

— Mas como o senhor sabe? — repeti. — Como alguém pode saber? Como *eu* posso saber se, ao revelar a localização dessas crianças para as autoridades, estou fazendo o melhor para as crianças? Talvez algumas delas não queiram ser encontradas. Como posso saber a diferença?

— Você não tem como saber — disse o Sr. Goodhart. Já tínhamos chegado à minha sala. — Jess, você não tem como saber. Você só pode supor que, se alguém as amava o bastante para registrar o desaparecimento delas, essa pessoa merece saber onde estão. Não é melhor pensar assim?

Não. Esse era o problema. Eu não tinha pensado. Não tinha pensado sobre absolutamente nada. Quando me dei conta de que meu sonho era verdade, de que Sean Patrick O'Hanahan estava mesmo vivo, saudável e que morava naquela casinha de tijolos em Paoli, eu agi, sem refletir nem um pouco.

E agora, por causa disso, garoto estava com mais problemas do que nunca.

Sim, claro, eu tinha sido tocada pelo dedo de Deus mesmo.

A pergunta era: qual dedo?

Capítulo 13

Não havia só notícias ruins.

A boa notícia era que eu não tinha mais que ir para a detenção.

Impressionante, né? A garota acorda com poderes psíquicos e tem a punição cancelada. Simples assim. Gostaria de saber como o técnico Albright se sentiria se soubesse disso. Basicamente, eu me livrei depois de ter dado um soco no jogador principal dele. Isso deixaria qualquer um louco, certo?

Enquanto eu me torturava com a história de Sean Patrick O'Hanahan, me permiti pensar de vez em quando na Srta. Clemmings e na fileira dos W. Como ela iria lidar com Hank e Greg sem minha ajuda? E quanto a Rob? Ele sentiria minha falta? Será que perceberia que eu não estava lá?

Tive a resposta depois do almoço. Ruth e eu estávamos indo em direção a nossos armários quando, de repente, ela me deu uma cotovelada com força. Apertei as costelas e falei:

— O que você está tentando fazer, arrancar meu baço? O que deu em você?

Ela apontou. Eu olhei. E então entendi.

Rob Wilkins estava de pé ao lado do meu armário.

Ruth fez uma retirada apressada e completamente óbvia. Respirei fundo e continuei andando. Não havia motivo para ficar nervosa. Rob e eu éramos apenas amigos, como ele tinha deixado bem claro.

— Oi — disse ele quando eu cheguei.

— Oi — respondi. Abaixei a cabeça, girando a trava para colocar a combinação correta de números. 31, a idade que eu queria ter. 16, a idade que eu tenho. 35, a idade que terei quando Rob Wilkins decidir que tenho maturidade suficiente para sair com ele.

— E aí? — disse ele. — Você ia me contar algum dia?

Peguei meu livro de Geometria.

— Na verdade — falei —, eu não planejava contar a ninguém.

— Foi o que imaginei. E o garoto?

— Que garoto? — Mas eu sabia. Sabia, sim.

— O garoto de Paoli. Aquele foi o primeiro?

— Foi — respondi. E de repente tive vontade de chorar. Mesmo. E eu não choro nunca.

Bem, exceto aquela vez com os agentes do FBI, no escritório do Sr. Goodhart.

— Você podia ter me contado — reclamou ele.

— Podia. — Peguei meu caderno de Geometria. — Você teria acreditado em mim?

— Teria — disse ele. — Teria, sim.

Acho que teria mesmo. Ou talvez eu só quisesse achar que ele teria. Rob parecia tão... Não sei. Legal, acho, ali de pé, apoiado no armário ao lado do meu. Ele não carregava nenhum material nem nada, só o onipresente livro de suspense no bolso de trás da calça jeans, aquela calça que já estava macia de tanto ter sido usada, e gasta em alguns pontos, como nos joelhos e em outros lugares ainda mais interessantes.

Ele usava uma camiseta de manga comprida verde-escura, mas tinha puxado as mangas, de forma que os antebraços, bronzeados de tanto ele andar de moto, estavam de fora e...

Veem como sou ridícula?

Bati a porta do meu armário.

— Bem — disse eu—, tenho que ir.

— Jess — chamou ele quando eu estava me virando para ir.

Olhei para trás.

Mudei de idéia, eu queria que ele dissesse. *Mudei de ideia. Quer ir ao baile comigo?*

O que ele disse na verdade foi:

— Eu ouvi falar. Sobre o garoto. Sean.

Rob parecia pouco à vontade, como se não estivesse acostumado a ter esse tipo de conversa no meio do corredor da escola, sob o brilho nada natural das luzes fluorescentes.

Mas prosseguiu mesmo assim.

— Não foi sua culpa, Jess. O modo como ele agiu naquele dia, do lado de fora da casa... Bem, também achei que havia alguma coisa estranha acontecendo. Você não tinha como saber. É isso. — Ele assentiu, como se estivesse satisfeito por ter dito tudo que pretendia. — Você fez a coisa certa.

Balancei a cabeça. Eu podia sentir as lágrimas ardendo nos meus olhos. Droga, eu estava ali de pé com cerca de mil pessoas passando por mim, tentando não chorar na frente do cara por quem estava caidinha. Poderia existir no mundo algo mais humilhante?

— Não — disse eu. — Não fiz.

E então me virei e fui embora.

E, dessa vez, ele não tentou me impedir.

Como não tenho mais que cumprir detenção, Ruth e eu voltamos para casa juntas depois da aula. Decidimos ensaiar juntas. Ela disse que tinha encontrado um concerto novo para flauta e violoncelo. Era moderno, mas íamos tentar.

Mas, quando o carro entrou na Lumley Lane, vi imediatamente que alguma coisa estava errada. Todos os repórteres tinham sido afastados para a extremidade da rua, onde estavam de pé atrás de barricadas policiais. Quando viram o carro de Ruth, começaram a gritar e a tirar fotos como loucos...

Mas os policiais não deixaram que chegassem perto da nossa casa.

Quando Ruth encostou em frente à minha garagem e vi o sangue na calçada, soube por quê.

E não era só na calçada. Havia gotas de sangue seguindo até a varanda.

Ruth viu também, e falou:

— Ai.

A porta de tela se abriu e meu pai e Mikey saíram. Meu pai ergueu as mãos e disse:

— Não é tão ruim quanto parece. Hoje à tarde, Dougie atacou um dos repórteres que tinham ficado por aqui para tentar entrevistar os vizinhos. Os dois estão bem. Não fique chateada.

Acho que devia ter soado engraçado, meu irmão atacando um repórter. Se tivesse sido Mike a fazer isso, teria sido engraçado. Mas, como foi Doug, não foi engraçado, nem um pouco.

— Venha cá — disse meu pai, sentando nos degraus da varanda.

Ruth tinha desligado a ignição, e nós duas saímos do carro. Eu me sentei ao lado do meu pai, com cuidado para não olhar e nem tocar em nenhum dos pontos de sangue ao redor. Ruth foi sentar com Mike no balanço da varanda. Este gemeu de forma ameaçadora com o peso dos dois. Além disso, Mike pareceu irritado de ter que dividi-lo, mas Ruth não reparou.

— Não é sua culpa, Jess — prosseguiu meu pai —, mas dos repórteres, das vans, dos policiais e tudo mais. Foi um pouco demais para Dougie. As coisas começaram a ficar meio enroladas na cabeça dele. Depois que você saiu hoje de manhã, pensamos que ele tinha se acalmado. Fizemos com que ele tomasse o remédio, e parecia que ele estava bem. Mas o médico disse que o estresse às vezes pode...

Gemi e apoiei minha cabeça nos meus joelhos.

— Como assim, não é minha culpa? — choraminguei.
— É claro que é minha culpa. Tudo é minha culpa. Se eu não tivesse ligado para aquele número idiota...

— Você tinha que ligar para aquele número idiota — disse meu pai com paciência. — Se você não tivesse ligado para aquele número idiota, os pais daquelas crianças ainda estariam tentando imaginar o que aconteceu com seus filhos ou filhas...

— É — disse eu. — E Sean Patrick O'Hanahan não teria sido mandado de volta para o pai que bate nele. E a mãe dele não estaria encrencada. E...

— Você fez a coisa certa, Jess — repetiu meu pai. — Você não pode saber de tudo. E Douglas vai ficar bem. Só seria melhor se ele pudesse estar em algum outro lugar mais calmo...

— É, mas onde? — perguntei. — O hospital? Dougie vai voltar pro hospital por minha causa? Ah, não. Não, pai, obrigada. É óbvio qual o problema aqui. Não é Douglas.

Respirei fundo. O ar estava pesado e úmido. Eu sabia que logo seria verão. Estava ficando cada vez mais quente ao longo do dia, e agora o sol do final da tarde caía na varanda.

Sobre mim.

— Sou eu — falei. — Se eu não estivesse aqui, Douglas estaria bem.

— Ah, querida — disse meu pai.

— Não, estou falando sério. Se eu não estivesse aqui, vocês não teriam repórteres jogando embalagens de

Powerbar no gramado, e mamãe não ficaria assando biscoitos 24 horas por dia, sete dias por semana, e Douglas não estaria no hospital...

— O que você está sugerindo, Jessica?

— Você sabe o que estou sugerindo. Acho que amanhã eu deveria fazer o que o agente especial Johnson disse e ir para Crane por um tempo.

Ruth e Mike olharam para mim como se eu estivesse louca, mas meu pai, depois de um momento de silêncio, disse:

— Você tem que fazer o que acha que é certo, querida.

— Bem, não acho certo que minha família tenha que sofrer por minha causa. E é isso que está acontecendo, estamos sofrendo. Se eu me afastasse por um tempo, todos os repórteres e tudo mais iriam embora. E então as coisas poderiam voltar ao normal. Talvez até Doug pudesse voltar pra casa — disse eu.

— É, e talvez Claire abrisse as janelas de novo. Ela anda tão apavorada com as câmeras... — disse Mike.

Quando Ruth e eu nos viramos para olhar para ele, ele se deu conta do que tinha dito e fechou a boca.

Ruth foi a única pessoa que foi contra.

— Acho que não é muito boa ideia — reclamou. — Você ir para Crane não é uma boa idéia, nem um pouco.

— Ruth — falei, surpresa. — Pare com isso. Eles só querem fazer alguns exames...

— Ah, que ótimo — disse Ruth. — Então agora você é um porquinho-da-índia humano? Jess, Crane é uma base do *exército*. Entendeu? Estamos falando sobre os *militares*.

— Credo, Ruth — disse eu. — Pra que tanta paranoia? Vai dar tudo certo.

Ruth fez uma cara emburrada. Não sei o motivo. Talvez ela tivesse visto *A assassina* muitas vezes. Talvez ela não quisesse ter que encarar os corredores da Ernest Pyle High School sozinha.

Ou talvez ela suspeitasse de alguma coisa que eu, mesmo com meus poderes novos, não conseguia pressentir. Ruth é mais inteligente do que a maioria das pessoas... em algumas coisas, pelo menos.

— E como vai ser — perguntou ela baixinho — se eles quiserem que você ache mais crianças?

— É claro que vão querer que ela ache mais crianças. É disso que se trata, tenho certeza — disse meu pai.

— E *Jess* quer achar mais crianças? — perguntou Ruth com as sobrancelhas erguidas.

Dizem que testes de QI só medem um certo tipo de conhecimento. Aqueles que não se saem bem nesses testes (por exemplo, eu) se consolam com o fato de que, tudo bem, Ruth tem 167 de QI mas ela não sabe nada sobre garotos. Ou que tá, Mike tem 153 pontos, mas também, que habilidade interpessoal ele tem? Nenhuma.

Mas, com aquela única pergunta, Ruth provou que não havia nada de errado com as habilidades interpessoais dela — pelo menos não quando se tratava de mim. Ela acertara o alvo bem na mosca.

Porque eu não ia mesmo encontrar mais crianças desaparecidas. Não depois de Sean. A não ser que eu pudesse ter certeza de que as crianças que eu ia encontrar realmente queriam ser encontradas.

Ao contrário de Sean.

— Não importa o que ela quer. Ela tem uma obrigação moral com a comunidade de compartilhar isso... seja lá o que for — disse Mike.

Ruth se acalmou imediatamente. Como ela poderia se opor a seu amado?

— Você está certo, Michael — respondeu ela, piscando para ele timidamente por trás dos óculos.

Grandes habilidades interpessoais.

— Não vão obrigar Jess a fazer nada que ela não queira — disse meu pai. — Estamos falando do governo americano. Jessica é cidadã dos Estados Unidos. Os direitos constitucionais dela estão garantidos. Tudo vai ficar bem.

E o triste é que, naquele momento, eu realmente achei que ele estava certo.

Achei mesmo.

Capítulo 14

A Base Militar Crane, localizada a mais ou menos uma hora de carro da minha cidade, era uma das muitas bases militares fechadas pelo governo durante os anos 1980. Pelo menos, era para ter sido fechada. Mas, de alguma forma, nunca foi, ao menos não completamente, apesar de todos os artigos no jornal da cidade sobre todos que trabalhavam lá na manutenção e na cozinha que acabaram perdendo o emprego. Os jatos militares (que constantemente quebravam a barreira do som) nunca desapareceram completamente, e ainda havia oficiais uniformizados que apareciam para almoçar ou jantar nos restaurantes do meu pai bem depois do anúncio que a base estava fechada.

Douglas, na sua fase mais paranoica, insistia que Crane era como a Área 51: um lugar onde o exército jura que não há nada mas onde as pessoas sempre veem luzes piscando tarde da noite.

Mas, quando cheguei a Crane, não parecia que alguém estava tentando esconder o fato de que a base ainda estava aberta. E também não parecia ter sido negligenciada. O lugar estava bem limpo, os gramados bem aparados, tudo parecia estar no lugar. Não vi nenhum hangar gigante onde naves espaciais poderiam estar escondidas, mas, por outro lado, elas podiam ficar guardadas em hangares subterrâneos, como no filme *Independence Day*.

O agente especial Johnson logo me apresentou para a agente especial Smith, uma mulher com brincos de pérola bem bonitos e que tinha aparentemente substituído o parceiro anterior dele, agente especial Davies (em licença médica... ops, minha culpa). Aí mostrou para mim e meu pai o quarto onde eu ficaria. Era um quarto legal, como um quarto de hotel, com TV e telefone e coisas assim. Não tinha máquina de refrigerante, ainda bem.

Então ele e a agente especial Smith nos levaram para outro prédio, onde encontramos umas pessoas do exército, incluindo um coronel, que apertou minha mão com muita força, e um tenente cheio de espinhas que ficava olhando para meu jeans como se eu estivesse com botas até as coxas ou coisa do tipo. Depois o coronel nos apresentou a um grupo de médicos em outro prédio, e eles agiram como se estivessem animados por me ver e garantiram a meu pai que eu ficaria em ótimas mãos. Meu pai, apesar de estar se coçando para voltar para os restaurantes, não queria ir embora, apesar das garantias dos médicos. Ele ficava perguntando se, por exemplo, a agente especial Smith estaria de plantão caso eu precisasse de alguma coisa no meio da noite, e se alguém ia se certificar que eu comeria o suficiente. Era meio constrangedor.

Por fim, uma médica, cujo crachá dizia Helen Shifton, disse a meu pai que estava tudo pronto para mim, e que eu ligaria assim que voltasse para meu quarto. Depois disso, ficou meio óbvio que queriam que ele fosse embora, então meu pai foi, dizendo que voltaria para me buscar na semana seguinte. Até lá, esperávamos que toda a agitação dos repórteres e tudo o mais teria se acalmado e eu poderia voltar para casa.

Ele me abraçou na frente de todo mundo e beijou o topo da minha cabeça. Fingi que não gostei, mas, depois que ele saiu, não pude deixar de me sentir um pouco...

Bem, assustada.

Mas não falei isso para a Dra. Helen Shifton. Quando ela me perguntou como eu estava me sentindo, falei que estava bem.

Acho que ela não acreditou muito, já que ela e uma enfermeira fizeram um check-up completo em mim, e quero dizer completo mesmo, com exame de sangue e umas coisas enfiadas em mim — tudinho. Verificaram a pressão sanguínea, o colesterol, o coração, a garganta, os ouvidos, os olhos, as solas dos meus pés... Queriam fazer um exame ginecológico também, então eu deixei, e enquanto estavam olhando lá embaixo, perguntei sobre prevenção de gravidez e coisas assim... Afinal eu poderia precisar algum dia, quando estiver com, sei lá, uns 40 anos.

A Dra. Shifton foi bem legal sobre isso, diferente de como o médico da minha família teria agido, e respondeu a todas as minhas perguntas. No final disse que tudo parecia normal. Ela até examinou minha cicatriz e disse que parecia estar sumindo, e que algum dia ela provavelmente desapareceria de vez.

— Quando a cicatriz sumir, os superpoderes vão embora também? — perguntei, com um pouco de esperança. Esses superpoderes me trouxeram mais responsabilidade do que eu gostaria.

Ela disse que não sabia.

Depois disso, a Dra. Shifton me fez deitar dentro de um grande tubo e ficar bem parada enquanto tirava fotos do meu cérebro. Ela falou para não pensar em nada, mas pensei em Rob. Acho que as fotos saíram boas, já que depois disso a Dra. Shifton fez eu me vestir. Depois que ela saiu, um homenzinho careca entrou e me fez um monte de perguntas chatas, como, por exemplo, sobre meus sonhos, minha vida sexual e coisas assim. Apesar de minha vida sexual ter mostrado sinais de que ia melhorar nos últimos dias (mesmo muito brevemente), eu não tinha nada para contar, e meus sonhos eram todos bem chatos, sendo principalmente sobre esquecer como se tocava flauta logo antes de começar o desafio com Karen Sue Hanky.

Mas quando o homenzinho careca começou a me perguntar um bocado de coisas sobre Douglas, eu comecei a ficar irritada. Como o governo americano sabia sobre a tentativa de suicídio de Douglas?

Mas eles sabiam, e quando me perguntaram sobre isso, fiquei na defensiva. Aí o homenzinho careca queria saber por quê.

Então respondi:

— Você não ficaria na defensiva se um desconhecido começasse a fazer perguntas sobre seu irmão esquizofrênico?

Mas ele disse que não, a não ser que tivesse alguma coisa a esconder.

Então eu disse que a única coisa que tinha a esconder era a minha vontade de dar uma porrada na cara dele, e o homenzinho me perguntou se eu sempre ficava com tanta raiva assim quando falava da minha família. Nesse momento eu me levantei, saí da sala dele e disse para a Dra. Shifton que queria ir para casa.

Dava para notar que a Dra. Shifton tinha ficado furiosa com o homenzinho careca, mas não podia demonstrar, sendo uma profissional e tudo mais. Ela lhe falou que achava que já tínhamos conversado o bastante. Ele se afastou, fazendo cara feia para mim, como se eu tivesse estragado o dia dele ou coisa do tipo. Depois a Dra. Shifton disse que eu não devia me preocupar com ele; ele era só um freudiano, e ninguém se importava muito com ele.

Depois foi a hora do almoço. A agente especial Smith me levou para o refeitório, que ficava em outro prédio. A comida não era ruim, era até melhor do que a da escola. Comi frango frito e purê de batata. Reparei que o homenzinho careca estava comendo lá também, e ele olhou para o que eu estava comendo e escreveu num caderninho.

Comentei isso com a agente especial Smith e ela me falou para ignorá-lo, ele provavelmente tinha algum complexo.

Já que não tinha ninguém da minha idade com quem eu pudesse me sentar, fiquei com a agente especial Smith e perguntei como ela se tornou uma agente do FBI. Ela foi bem legal ao responder a minhas perguntas. Falou que era uma exímia atiradora, o que acho que quer dizer que tinha uma boa mira, mas que nunca tinha matado ninguém. Por outro lado, ela apontou a arma muitas vezes. Até retirou a pistola do coldre e mostrou para mim, era bem legal e pesada. Quero uma arma também mas vou esperar até fazer 18 anos.

Mais uma coisa pela qual tenho que esperar até fazer 18 anos.

Depois do almoço, a Dra. Shifton me mandou para o consultório de outro médico, e passamos uma entediante meia hora na qual ele segurava cartas de baralho com as costas viradas para mim e me perguntava de que naipe eram. Eu dizia:

— Não sei. Elas estão de costas pra mim.

Aí o médico me mandava adivinhar. Acertei apenas uns dez por cento das vezes, o que ele disse que era normal. Mas percebi que ele estava desapontado.

Depois uma moça magrela esquisita tentou me fazer mexer coisas com a mente. Fiquei com pena dela; tentei de verdade, mas é claro que não consegui fazer nada também. Aí ela me levou para uma sala parecida com o laboratório de línguas estrangeiras da escola, onde coloquei headphones e fiquei toda animada, achando que ia ver um filme.

Mas o médico da vez, um cara meio nervoso, disse que não seria um filme, só algumas fotos. Eu tinha que olhar para as fotos, só isso.

— Vou ter que me lembrar dessas pessoas depois? — perguntei depois que o médico começou a mostrar as fotos, que piscavam na tela na minha frente. — Vai ter algum teste?

— Não, nenhum teste — respondeu ele.

— Então é um negócio inútil.

Eu já estava entediada de olhar para as fotos, que eram totalmente desinteressantes. Só homens, a maioria brancos, alguns com aparência ligeiramente árabe. Alguns negros. Alguns orientais. Alguns latinos. Sem nome embaixo, nem nada. Era quase tão entediante quanto ficar na detenção. Pelos headphones, eu ouvia uma melodia de Mozart tocada em instrumento de sopro — não muito bem, devo acrescentar. Pelo menos o flautista era ruim. Sem vida, sabem?

Depois de um tempo, tirei os headphones e falei:

— Posso parar um pouco?

O médico ficou bem nervoso e perguntou se eu precisava ir ao banheiro ou algo assim, e a minha vontade era dizer que aquilo era um saco, mas não quis insultar o experimento dele, então falei:

— Acho que não.

Então, voltei a olhar para as fotos.

Sujeito branco de meia-idade. Sujeito branco de meia-idade. Sujeito oriental de meia-idade. Sujeito árabe meio gato, como aquele cara d'*A Múmia*, só que sem as tatuagens no rosto. Sujeito branco de meia-idade. Sujeito branco de meia-idade. Queria saber o que vai ter no jantar. Sujeito branco velho. Sujeito com cara de serial killer. Sujeito branco de meia-idade. Sujeito branco de meia-idade. Sujeito branco de meia-idade.

Por fim, depois do que pareceu um ano, a Dra. Shifton apareceu e me disse que fui muito bem e que eu podia tirar o resto do dia de folga.

Na verdade, não tinha sobrado muito tempo do dia depois daquilo. Era por volta de três horas da tarde. Se eu estivesse em casa, teria que ir para a detenção. Senti uma pontada de saudades de casa. Dá para acreditar nisso? Eu sentia falta da detenção, da Srta. Clemmings, da fileira dos W... e de Rob, é claro.

Mas, quando a agente especial Smith me levou de volta para o quarto e perguntou se eu tinha um maiô, me esqueci completamente de Rob. Havia uma piscina na base! Como eu não tinha levado maiô, a agente especial Smith me levou até um shopping perto da base e comprei um biquíni lindo e um Playstation, tudo por conta do governo. Depois voltei para a base e fui nadar.

Estava bem quente ao ar livre, e o sol ainda ardia com força, apesar de ter passado do meio da tarde. Fiquei deitada em uma espreguiçadeira e observei as outras pessoas na piscina. A maioria era de mulheres com crianças pequenas... as esposas, imaginei, dos homens que trabalhavam na base.

Algumas das crianças mais velhas estavam brincando de marco-polo. Eu me deitei na espreguiçadeira e fechei os olhos, sentindo o sol queimar pele. Era uma sensação boa e comecei a relaxar.

Talvez, falei a mim mesma, tudo ficasse bem, afinal. O cheiro de cloro era intenso e agradável no meu nariz. Era um cheiro de muita limpeza.

As coisas normalmente acabam dando certo.

O som de crianças brincando encheu meus ouvidos.

— Marco!

E um *splash*.

— Polo!

Outro *splash*.

— Marco!

Splash.

— Polo!

Splash. Risadas.

— Marco!

Splash.

— Polo!

Splash. Gritos. Risadas histéricas.

Acho que devo ter adormecido, porque comecei a ter um sonho esquisito. Nele, estava de pé numa piscina enorme. Em volta de mim, havia crianças. Centenas de milhares de crianças. Crianças grandes. Crianças pequenas. Crianças gordas. Crianças magras. Crianças brancas. Crianças negras. Crianças de todos os tipos possíveis.

E todas gritavam "Polo" para mim.

— Polo!

Splash. Grito.

— *Splash*. Grito! Polo.

E eu estava nadando, tentando pegá-las. Só que, no meu sonho, não era uma simples brincadeira. Eu não era Marco. No meu sonho, se não pegasse essas crianças, elas iriam cair na correnteza e despencar de uma cachoeira gigantesca direto nos braços da morte. É sério.

Então eu estava nadando sem parar, pegando criança atrás de criança e levando-as até a segurança, mas aí elas eram levadas pela correnteza e sugadas para longe de mim de novo. Era horrível. As crianças escorregavam pelas pontas dos meus dedos, caindo para a morte, e não estavam mais gritando "Polo". Estavam gritando meu nome. Estavam gritando meu nome enquanto morriam.

— Jess. Jess. Jessica, acorde.

Abri os olhos. A agente especial Smith estava olhando para mim. Eu estava deitada na espreguiçadeira ao lado da piscina, mas alguma coisa estava errada. Estava sozinha lá. Todas as mães e suas crianças tinham ido para casa. E o sol estava quase se pondo. Só alguns últimos raios iluminavam a piscina. E tinha ficado bem mais frio lá fora.

— Você adormeceu — disse a agente especial Smith. — Parecia que você estava tendo um pesadelo bem ruim. Está tudo bem?

— Está — respondi, me sentando.

A agente especial Smith me passou a camiseta.

— Opa — disse ela, fazendo uma careta. — Você está toda queimada. Devíamos ter comprado bloqueador solar.

Olhei para baixo. Eu estava da cor de um camarão.

— Vai virar um bronzeado maneiro amanhã — disse eu.

— Deve ter sido um sonho e tanto. Quer me contar sobre ele?

— Acho que não.

Depois disso, fui para o meu quarto e ensaiei flauta. Fiz o aquecimento de sempre, depois ensaiei a música que Karen Sue Hanky tinha escolhido para me desafiar. Era tão fácil que comecei a improvisar, acrescentando notas aqui e ali e dando um tom de jazz. Quando terminei, mal dava para reconhecer a música, estava muito melhor.

Pobre Karen Sue. Vai ficar presa na quarta cadeira para sempre.

Depois toquei um pouco de Billy Joel — "Big Shot", em homenagem a Douglas. Ele não admite, mas é sua música favorita.

Eu estava limpando minha flauta quando alguém bateu na porta.

— Entre — chamei, na esperança de ser o serviço de quarto. Eu estava morrendo de fome.

Mas não era o serviço de quarto, e sim aquele coronel que tinha conhecido no começo do dia. Os agentes especiais Smith e Johnson estavam com ele, junto com o doutorzinho nervoso que tinha me feito olhar para todas as fotos de homens de meia-idade. Ele parecia, por alguma razão, mais nervoso do que nunca.

— Oi — cumprimentei depois que todos entraram e estavam de pé no quarto, olhando para a minha flauta como se eu estivesse montando um AK-47 ou algo do tipo. — Está na hora do jantar?

— Claro — disse o agente especial Johnson. — Basta me dizer o que você quer.

Pensei sobre isso. Por que não, pensei, pedir o melhor?

— Lagosta seria legal.

— Combinado — disse o coronel, e assentiu para a agente especial Smith. Ela pegou o celular e apertou alguns números, depois começou a falar baixinho. Meu Deus, pensei. Que cara machista. Aqui está a agente especial Smith, uma agente do FBI, uma mulher formada e exímia atiradora etc e tal, e ainda assim tem que fazer os pedidos de comida.

Lembrem-me de não ser agente do FBI quando eu crescer.

— Bem — disse o coronel. — Me disseram que você tirou um cochilo hoje à tarde.

Eu estava abaixada, guardando as partes da minha flauta no estojo forrado de veludo. Mas alguma coisa na voz do coronel me fez erguer o olhar.

Ele, como todos os sujeitos nas fotos, era de meia-idade e branco. Tinha o que nos livros que somos obrigados a ler na aula de inglês chamam de "feições rubicundas", o que significa que ele parecia passar muito tempo ao ar livre. Não era bronzeado, como eu, mas curtido pelo sol e enrugado. Mas tinha brilhantes olhos azuis. O coronel apertou os olhos e falou:

— Você, por acaso, durante seu cochilo, não teria sonhado com algum daqueles homens cujas fotos você viu hoje no consultório do Dr. Leonard, Srta. Mastriani?

Fiquei olhando para ele. O que estava acontecendo?

Olhei para a agente especial Smith. Ela desligara o celular e agora olhava para mim com expectativa.

— Você se lembra, Jessica — disse ela — de me dizer que teve um sonho ruim?

— É — respondi, lentamente. Acho que eu estava começando a entender. — E daí?

— Mencionei isso ao coronel Jenkins — disse a agente especial Smith. — E ele ficou curioso para saber se por acaso você sonhou com algum dos caras cujas fotos você viu hoje à tarde.

— Não — falei.

O Dr. Leonard assentiu e disse para o coronel:

— É como suspeitamos. O estágio REM do sono é necessário para que o fenômeno aconteça, coronel. Ao cochilar, raramente se atinge o nível de sono profundo necessário para chegar ao estágio REM.

O coronel Jenkins franziu a testa na minha direção.

— Então você acha que amanhã de manhã, Leonard? — rugiu.

Ele parecia ameaçador com seu uniforme e todas aquelas medalhas. Devia ter lutado em batalhas muito importantes, eu pensei.

— Ah, com certeza, senhor — disse o Dr. Leonard. Depois olhou para mim e prosseguiu, com uma vozinha nervosa: — Você costuma só ter esses, hum, sonhos sobre as crianças desaparecidas depois de uma noite inteira de descanso, certo, Srta. Mastriani?

— Hum. É. Quero dizer, sim — falei.

O Dr. Leonard assentiu.

— Então deveríamos vir vê-la amanhã de manhã, senhor.

— Não gosto disso — disse o coronel Jenkins, tão alto que dei um pulo — Smith?

— Senhor? — A agente especial Smith ficou completamente alerta.

— Traga as fotos — continuou ele. — Faça com que ela olhe esta noite, antes de ir dormir. Para que fiquem frescas na memória.

— Sim, senhor — disse a agente especial Smith. Depois pegou o celular de novo e começou a murmurar mais uma vez.

O coronel Jenkins olhou para mim.

— Estamos depositando muitas esperanças em você, minha jovem — disse para mim.

— Ah, é? — respondi.

— Sim. Há centenas de homens, traidores dessa grande nação, que estão fugindo da lei há muito tempo. Mas agora que você apareceu, eles não têm a menor chance. Têm?

Eu não sabia o que dizer.

— Têm? — latiu ele.

— Não, senhor — respondi, assustada.

O coronel Jenkins pareceu gostar de ouvir isso. Ele foi embora, junto com o Dr. Leonard e os agentes especiais Smith e Johnson. Um pouco depois, um cara com uniforme de chef entregou uma deliciosa lagosta na minha porta.

Eu não me deixei enganar. Podia não haver uma máquina de refrigerante no meu quarto, mas eu sabia o que estava acontecendo. O livro com as fotos chegou um pouco depois da comida. Eu o folheei enquanto comia, sem compromisso. Eram traidores, segundo o coronel Jenkins. Será que eram espiões? Assassinos? O quê? Alguns deles pareciam assustadores. Outros, não.

E se eles não fossem assassinos ou espiões? E se fossem apenas pessoas que, como Sean, tinham se metido em algum tipo de encrenca sem ter culpa disso? Era mesmo *minha* responsabilidade encontrá-los?

Eu não sabia. Achei melhor me consultar com alguém que pudesse saber.

Liguei para casa e minha mãe atendeu. Contou que Dougie tinha sido liberado do hospital e que estava muito melhor agora, de volta ao quarto dele e sem "toda aquela agitação".

Toda aquela agitação, é óbvio, tinha se mudado para os portões de Crane, onde todas as vans e equipamentos tinham ido assim que souberam que eu tinha sido levada para lá. Mesmo assim, minha mãe ficou reclamando sobre como a coisa toda tinha sido deflagrada por meu pai ter feito Dougie trabalhar no restaurante. Por fim, eu não aguentei mais e disse:

— Não fala merda, mãe. Foi por minha causa e por causa dos repórteres.

Ela ficou furiosa comigo por falar palavrão, então acabei desligando sem falar com meu pai, que era com quem queria falar na verdade.

Para me animar, comecei a zapear na minha TV enorme. Vi a *Os Simpsons* e depois um filme sobre uns garotos que fazem uma mudança de visual numa menina que já era bem bonita antes de eles colocarem as mãos nela. O filme era muito chato (Ruth só teria gostado por causa da mudança de visual) e eu comecei a mudar de canal de novo...

E fiquei paralisada quando cheguei à CNN.

Eles estavam mostrando uma foto minha.

Não era minha foto idiota da escola. Um dos repórteres devia ter tirado quando eu não estava olhando. Na foto, eu estava rindo, e me perguntei de quê. Não me lembrava de ter rido muito nos últimos dias.

Então minha foto foi substituída por outra que reconheci. Sean. Uma foto de Sean Patrick O'Hanahan, bem parecido com como eu o tinha visto da última vez, com o boné virado ao contrário, as sardas parecendo saltar do rosto pálido.

Aumentei o volume.

— ... ironia é que o garoto parece ter desaparecido *de novo* — disse o repórter. — As autoridades dizem que Sean desapareceu da casa do pai em Chicago ontem antes do amanhecer, e não foi visto e nem deu notícias desde então. Acredita-se que o garoto fugiu por vontade própria e que ele está indo de volta para Paoli, Indiana, onde a mãe está mantida presa sem possibilidade de fiança, acusada de sequestro e de pôr o bem-estar de um menor em risco...

Ah, meu Deus. *Prenderam* a mãe de Sean. Prenderam a mãe de Sean por *minha* causa. Pelo que eu *fiz*.

E agora o garoto estava desaparecido. E era minha culpa. Eu estava relaxando na piscina enquanto Sean estava Deus sabe onde, passando por Deus sabe o quê, tentando voltar para a mãe, que estava presa. E exatamente o quê, me perguntei, ele achava que ia fazer quando chegasse a Paoli? Ajudá-la a fugir da cadeia?

O garoto estava sozinho e sem esperanças por minha causa.

Bem, isso tudo ia mudar, decidi, desligando a TV. Ele podia estar sozinho hoje, mas a partir de amanhã, não estaria. Querem saber por quê?

Porque eu ia encontrá-lo de novo.

Tinha feito isso uma vez e podia fazer de novo.

E, dessa vez, ia fazer do jeito certo.

Capítulo 15

Quando vieram me procurar na manhã seguinte, eu já tinha saído.

Ah, não façam tempestade em copo d'água. Deixei um bilhete. Escrevi assim:

A quem interessar possa,
Tive que sair para resolver uma coisa. Volto logo.

Atenciosamente,
Jessica Mastriani

Eu não queria que ninguém ficasse preocupado.

O que aconteceu foi que acordei cedo. E, quando acordei, sabia onde Sean estava... de novo.

Então tomei um banho e me vesti, e saí para o corredor, desci a escada e saí pela porta.

Ninguém tentou me impedir. Não tinha ninguém por perto, exceto alguns soldados, que estavam fazendo algum tipo de treinamento no jardim. Eles me ignoraram.

E eu achei isso ótimo.

No dia anterior, quando eu voltava da piscina, tinha reparado em um micro-ônibus parado perto das casas das famílias da base, onde os oficiais casados moravam. Andei até lá. Mais uma vez, ninguém tentou me impedir. Afinal, eu não era uma prisioneira nem nada.

As pessoas no ponto disseram que o micro-ônibus ia até a cidade mais próxima, onde eu tinha comprado meu biquíni e o PlayStation... e onde por acaso tinha uma rodoviária.

Então esperei com todas as outras pessoas e, quando o micro-ônibus chegou, entrei. Ele foi embora, bem na cara de todas as vans e dos repórteres e tudo mais. Passou por eles e pelos soldados que controlavam a entrada da base, e que mantinham os repórteres do lado de fora.

E, simples assim, eu saí da Base Militar Crane.

A cidade perto de Crane não era exatamente uma metrópole cheia de vida, mas mesmo assim tive dificuldade para achar a rodoviária. Precisei perguntar a três pessoas. Primeiro para o motorista do micro-ônibus, que me deu as piores orientações da face da Terra, depois para o caixa de uma loja de conveniência e, por fim, para um velhinho sentado do lado de fora de uma barbearia. No final, encontrei a rodoviária graças ao fato de que havia um ônibus do lado de fora.

Comprei minha passagem de ida e volta (17 dólares) com o dinheiro que meu pai tinha me dado antes de eu ir embora. "Para alguma emergência", foram suas palavras, e depois me passou 100 dólares.

Bem, isso era uma emergência. De certa forma.

Tomei café na rodoviária. Comprei dois Pop-Tarts de chocolate e um Sprite na máquina de lanches. Mais 1 dólar e 75 centavos.

Achei que talvez fosse ficar entediada durante a viagem, então comprei um livro para ler. Era o mesmo livro que tinha visto no bolso de trás de Rob na última vez que o vi. Achei que ler o mesmo livro podia de alguma forma nos aproximar.

Tá, admito: isso não é verdade. Era o único livro na loja que parecia minimamente interessante.

Meu ônibus chegou às 9h e fui a única pessoa a entrar nele, então peguei uma cadeira na janela. Vocês já repararam que as coisas sempre parecem melhores quando vistas por uma janela de ônibus? É sério. Depois que a gente sai do ônibus, tudo fica muito claro, dá para ver a sujeira e você só pensa: "Eca."

Pelo menos é o que eu penso.

Levamos mais de uma hora para chegar a Paoli. Passei a maior parte do tempo olhando pela janela. Não há muito para se ver em Indiana, só milharais. Mas tenho certeza de que a maioria dos outros estados é assim também.

Quando chegamos a Paoli, desci do ônibus e entrei na rodoviária. Era maior do que a que ficava perto de Crane. Havia fileiras de cadeiras de plástico para as pessoas se sentarem e alguns telefones públicos. Mesmo assim, eu conseguia saber quem eram os policiais disfarçados com facilidade. Havia um ao lado das máquinas de lanche e outro sentado perto do banheiro dos homens. Cada vez que um ônibus chegava, eles ficavam de pé e iam para o lado de fora fingindo esperar por alguém. Depois, como Sean não saía daquele ônibus, eles voltavam e se sentavam de novo.

Eu os observei por mais de uma hora, então sei bem do que estou falando. Havia também um carro de polícia disfarçado de carro comum estacionado no outro lado da rua da rodoviária e outro em frente ao boliche, um pouco depois.

Quando chegou a hora do ônibus de Sean, eu sabia que precisava criar uma distração, para que os policiais não tivessem oportunidade de pegar Sean antes que eu pudesse falar com ele. Então fiz o seguinte:

Iniciei um incêndio.

Eu sei. Pessoas podiam ter morrido. Mas, olha, primeiro me assegurei de que não tinha ninguém lá. Acendi um fósforo que encontrei e o joguei na lata de lixo do banheiro feminino, depois de verificar que todas as cabines estavam vazias. Depois fiquei parada ao lado dos telefones públicos, como se estivesse esperando uma ligação. Ninguém prestou atenção em mim, como de costume. Garotas baixas como eu não se destacam, entendem?

Depois de alguns minutos, a fumaça saía com intensidade. Uma das moças da rodoviária reparou primeiro.

— Ah, meu Deus! Fogo! Fogo! — gritou ela apontando para o banheiro feminino.

Os outros funcionários entraram em pânico. Começaram a gritar para todo mundo sair. Alguém gritou para ligarem para 190. Um dos policiais disfarçados perguntou se havia algum extintor de incêndio em algum lugar. O outro começou a falar no celular, pedindo para os caras nos carros chamarem os bombeiros pelo rádio.

E, naquele momento, o ônibus das 11h15 de Indianápolis encostou lá fora. Eu fui ao encontro dele.

Sean foi a quinta pessoa a sair. Ele usava um disfarce, ou o que achou ser um disfarce, pelo menos. Só pintou o cabelo de castanho, grande coisa. Ainda dava para ver aquela sardas a mais de um quilômetro de distância e além disso, ainda estava com aquele boné idiota dos Yankees. Pelo menos tinha virado o boné para tentar esconder o rosto.

Mas, desculpe, um garoto de 12 anos, pequeno para a idade, saindo de um ônibus intermunicipal sozinho em um dia de aula? Isso é que é atitude suspeita.

Felizmente, meu pequeno incêndio fez o maior efeito. Não sei se já sentiram cheiro de lixeira plástica queimando, mas vou dizer, não é nada agradável. E a fumaça? Bem escura. Todo mundo que saía do ônibus olhava assustado para a rodoviária, uma fumaça grossa e ardida saía de lá naquele momento. Todos os fiscais estavam de pé ao redor da rodoviária falando com vozes esganiçadas. Dava para notar que era a coisa mais agitada a acontecer na rodoviária de Paoli havia algum tempo. Os policiais disfarçados estavam correndo de um lado para o outro, tentando ter certeza de que o local tinha sido evacuado. E logo depois os carros de bombeiro chegaram, com as sirenes no volume máximo.

Enquanto tudo isso estava acontecendo, fui até Sean, peguei-o pelo braço e disse:

— Continue andando.

E comecei a guiá-lo por uma ruazinha ao lado da rodoviária o mais rápido que consegui.

Ele não queria ir comigo, a princípio. Era meio difícil ouvir o que estava dizendo, já que as sirenes dos carros de bombeiro estavam tão altas. Gritei no seu ouvido:

— Bem, se você prefere ir com eles, estão lá esperando por você.

Acho que Sean entendeu a mensagem, porque parou de lutar depois disso.

Quando chegamos longe o bastante da rodoviária para que os sons da sirene não abafassem nossas vozes, Sean soltou o braço e perguntou, com uma voz muito rude:

— O que *você* está fazendo aqui?

— Salvando seu couro — respondi. — O que você estava pensando ao voltar aqui? É o primeiro lugar onde qualquer pessoa com cérebro procuraria por você, sabia?

Os olhos azuis de Sean brilhavam por baixo da aba do boné de beisebol.

— É? E para onde mais eu poderia ir? Minha mãe está presa aqui — disse ele. — Graças a *você*.

— Se você tivesse sido franco comigo naquele dia, em vez de agir como um maluco, nada disso estaria acontecendo.

— Não — respondeu Sean. — Se você não fosse *dedo-duro*, nada disso estaria acontecendo.

— *Dedo-duro?*

Isso me enfureceu. Todo mundo ficava falando sobre o "dom" maravilhoso que eu tinha. Sobre como era um milagre, uma bênção, blá-blá-blá.

Ninguém nunca tinha me chamado de *dedo-duro*.

Que pestinha, pensei. Por que estou perdendo meu tempo? Devia deixá-lo aqui...

Mas eu não podia. Sabia que não podia.

Segui em frente sem dizer uma palavra. A ruazinha onde estávamos não era lá muito agradável, tinha enormes caçambas de lixo lotadas dos dois lados e vidro quebrado no chão. Para piorar, em uns cinco metros a ruazinha terminava, e dava para ver que a rua transversal era bem movimentada. Se eu ia garantir que Sean não fosse pego, tinha que impedir que fosse visto.

— Mas me explica — disse Sean, com a mesma voz convencida —, se qualquer pessoa com cérebro saberia que eu estava vindo pra cá, como ninguém me encontrou?

— Porque eu era a única que sabia em qual ônibus você ia chegar — expliquei.

— Como você sabia isso?

Lancei a ele um olhar entediado. Então ele completou, de maneira bem sarcástica:

— Você *sonhou* que eu estaria no ônibus das 11h15, vindo de Indianápolis?

— Ei. Ninguém falou que meus sonhos eram interessantes.

— O que era aquilo tudo lá atrás? Você disse que *eles* estavam esperando por mim. Quem são *eles*?

— Um bando de policiais disfarçados esperando por você na rodoviária. Devem ter suspeitado que era assim que você tentaria chegar aqui. De ônibus, quero dizer. Tive que criar uma distração.

Os olhos azuis dele se arregalaram.

— *Você* começou aquele incêndio?

— Comecei. — Estávamos quase na rua. Estiquei o braço e o fiz parar. — Olha só, temos que conversar. Aonde podemos ir para ficarmos... você sabe, discretos?

— Não quero conversar com você — disse ele. Parecia estar falando sério.

— É, mas você não tem escolha. Alguém tem que tirar você dessa confusão.

— E você acha que quem vai fazer isso é *você*? — perguntou com deboche.

— Quer você goste ou não, pirralho — falei —, eu sou tudo que você tem.

A única resposta dele foi um revirar de olhos. Bem, de qualquer maneira, foi um progresso.

Acabamos indo para onde todo mundo vai quando não sabe aonde ir.

Isso mesmo: para o shopping.

O shopping em Paoli, Indiana, não é como o Mall of America, sou obrigada a dizer. Tinha dois andares, é verdade, mas só umas vinte lojas, e a praça de alimentação consistia em um Pizza Hut e um Orange Julius. Ainda assim, a cavalo dado não se olha os dentes. E como era hora do almoço, pelo menos não éramos os únicos adolescentes lá. Pelo visto, o único lugar em Paoli em que se podia comprar uma fatia de pizza e um copo grande de refrigerante era o Pizza Hut do shopping, então a lanchonete estava lotada de estudantes de ensino médio tentando encaixar um almoço nos cinquenta minutos que eles tinham até serem obrigados a voltar para a escola.

Falei para Sean sentar bem esticado na cadeira. Quem sabe assim ele pudesse se passar por um aluno franzino de primeiro ano.

E eu pudesse me passar por uma fracassada que sairia com um cara do primeiro ano.

— Ei — falei, enquanto o olhava atacar a pizza. — Vá com calma. Você estava o dia todo sem comer?

— Há dois dias — disse ele, de boca cheia.

— O que há de errado com você? Não pensou em roubar algum dinheiro do seu pai antes de fugir?

Ele tomou alguns goles de Pepsi e respondeu:

— Um cartão de crédito.

— Ah, um cartão de crédito. Esperto. É fácil comprar coisas no McDonald's com um cartão de crédito.

— Eu só precisava comprar a passagem de ônibus em Chicago — disse ele na defensiva.

— Ah, certo. — Então foi assim que a polícia soube que ele viria para cá. — Mas nada de comida.

— Esqueci da comida — respondeu ele. — Além do mais... — Ele me lançou um olhar que não consigo descrever. Acho que era o tipo de olhar que se chamaria de reprovador. — Eu estava preocupado demais com a minha mãe para comer.

Admito. Caí nessa. Fiquei toda sensível por causa dele e furiosa comigo mesma pela centésima vez.

Depois vi o tamanho da mordida que Sean deu no último pedaço de pizza.

— Ah, deixa de merda — reclamei. — Eu pedi desculpas.

— Não pediu, não.

— Não? — Parei. — Tá certo, bem, desculpe. É por isso que estou aqui. Quero ajudar você.

Sean empurrou o prato vazio na minha direção.

— Me ajude comprando outra pizza — disse ele. — Dessa vez, nada de legumes.

Fiquei sentada lá olhando-o comer uma segunda pizza brotinho. Eu só estava tomando um refrigerante. Não consigo comer pizza do Pizza Hut, não que seja ruim nem nada do tipo. Tenho certeza de que é uma delícia. Mas nós nunca tivemos permissão para comer pizza de nenhum outro lugar além de um dos nossos restaurantes. Meu pai e minha mãe acham que seria uma grande traição se nós ao menos *pensássemos* em Little Caesar's ou Dominos, ou qualquer outra. Era pizza do Mastriani's ou nada.

Então eu não estava comendo nada. Não é fácil ter pais no ramo de restaurantes.

— E aí — falei, quando Sean parecia estar bem entretido com a segunda pizza. — O que você estava planejando fazer depois que chegasse aqui?

Ele olhou para mim de forma sombria.

— O que você acha?

— Tirar sua mãe da cadeia? Ah, claro. Bom plano.

Seu olhar sombrio virou um olhar de raiva.

— Você conseguiu — disse ele, e havia admiração na sua voz. Contra a vontade dele, mas estava lá de qualquer forma. — Com o incêndio na rodoviária. Eu podia fazer algo desse tipo.

— Ah, claro. E todos os guardas vão sair correndo, deixando as celas da prisão abertas, e você poderia entrar escondido, pegar sua mãe e ir embora.

— Bem — disse ele. — Eu não disse que tinha um plano... ainda. Mas vou pensar em alguma coisa. Sempre faço isso.

— Acho que tenho um — falei.

Ele ficou olhando para mim.

— Um o quê?

— Um plano.

— Ai, meu Deus — disse ele e pegou o copo de Pepsi.

— Ei — falei —, não use o nome de Deus em vão.

Sean olhou para mim de um jeito sarcástico.

— Você usa.

— Não uso, não. Além disso, tenho 16 anos.

Ele revirou os olhos de novo.

— Ah, e isso faz de você uma adulta, né. Você tem habilitação?

Brinquei com meu canudo. Ele tinha me pegado. Eu tinha a habilitação provisória, claro, mas meio que, acidentalmente, não passei na minha primeira tentativa do teste de direção. Não tinha sido minha culpa, é claro. Uma coisa estranha parece acontecer quando sento atrás do volante. É aquele lance de velocidade. Se não tem mais ninguém na rua, por que eu tenho que ir a sessenta?

— Ainda não — falei. — Mas estou trabalhando nisso.

— Jesus. — Sean apoiou o corpo de 36 quilos no encosto do banco. — Olha só, você não é exatamente confiável, sabe? Já me entregou uma vez, lembra?

— Aquilo foi um erro — falei. — Já pedi desculpas. Falei que tenho um plano para endireitar as coisas. O que mais você quer?

— O que mais eu quero? — Sean se inclinou para a frente de modo que as líderes de torcida na mesa ao lado não o ouvissem. — Quero que as coisas voltem a ser como eram antes de você aparecer e bagunçar tudo.

— Ah, é? Não se ofenda, Sean, mas acho que as coisas não estavam exatamente muito bem antes. O que iria acontecer quando um dos seus professores, ou as mães dos seus amigos, ou o chefe dos escoteiros fosse ao mercado e visse seu rosto na caixa de leite, hein? Você e sua mãe iam juntar as coisas e fugir toda vez que alguém reconhecesse vocês? Iam continuar fugindo até você fazer 18 anos? Era esse o plano?

Sean me olhou com raiva por baixo da aba do boné.

— O que mais poderíamos fazer? — perguntou ele. — Você não sabe... Meu pai tem amigos. Foi por isso que o juiz deu aquela sentença. Meu pai fez com que os amigos dessem uma prensa no cara. Ele sabia exatamente que tipo de cara meu pai é, mas me colocou sob sua guarda mesmo assim. Minha mãe não tinha a menor chance. Então é isso mesmo, vamos viver fugindo. Ninguém pode nos ajudar.

— Você está errado. Eu posso — insisti.

Sean se inclinou e disse bem devagar:

— Você... nem ... pode ... dirigir.

— Sei disso. Mas posso ajudar você. Me escute. O pai da minha melhor amiga é advogado, um bom advogado. Uma vez, quando eu estava na casa deles, ouvi uma história sobre um caso no qual um garoto requereu na justiça para ser emancipado...

— Isso — disse Sean, afastando o prato vazio — é bobagem. Nem sei por que estou ouvindo você.

— Porque sou tudo que você tem. Agora escute...

— Não — disse Sean, sacudindo a cabeça. — Você não entende? Ouvi falar de você.

Olhei para ele sem entender.

— De que você está falando?

— Vi no noticiário como levaram você para aquele lugar, aquela base militar.

— E daí?

— Você é tão burra — brigou Sean. — Não sabe de nada. Aposto que nem sabe por que levaram você pra lá. Sabe?

Eu me mexi de forma desconfortável na cadeira.

— Claro que sei. Estão fazendo exames em mim. Você sabe, para descobrir como sei onde pessoas como você estão. É isso.

— Não é *isso* Estão fazendo você procurar pessoas, não estão?

Pensei naquelas fotos, em todos aqueles homens de meia-idade que o coronel achava tão importante eu encontrar.

— Talvez...

— Você não percebe? Não está ajudando ninguém. Você não sabe quem são essas pessoas. Algumas delas podem estar fugindo por algum motivo, como eu e minha mãe. Algumas podem até ser inocentes. E você as entrega de bandeja para os policiais, como pratos cheios de donuts cobertos com chocolate.

Não gosto de ouvir ninguém falando mal da polícia, principalmente alguém tão jovem. Afinal, a polícia oferece um serviço vital para nossa sociedade, por salários baixos e pouca glória. Comecei, com a voz nada convincente, até mesmo aos meus ouvidos:

— Tenho certeza de que, se alguém é procurado pelo governo americano, deve ser culpado de alguma coisa...

Mas a verdade era que ele não estava dizendo nada que eu não tivesse pensado antes. Por alguma razão, me fez lembrar do sonho. *Marco. Polo. Marco. Polo.* Tantas pessoas, tantas vozes.

E eu não conseguia alcançar nenhuma delas.

O rosto de Sean estava pálido, com as sardas se destacando.

— E *O Fugitivo*, hein? Ele não tinha feito nada. Tinha sido aquele cara de um braço só. Você não sabe se as pessoas que querem que você encontre são como o Harrison Ford naquele filme. E você é o Tommy Lee Jones. — Ele balançou a cabeça com nojo. — Você é mesmo uma dedo-duro, sabia?

Dedo-duro? Eu? Eu queria torcer o pescoço do chatinho. Estava totalmente arrependida de ter ido atrás dele daquele jeito.

Marco.

— Dedo-duro nem é a palavra certa para isso — disse ele. — Sabe o que você é? Um golfinho.

Olhei para ele, boquiaberta. Ele estava brincando? Golfinhos são animais simpáticos e inteligentes. Se ele estava tentando me insultar, teria que tentar de novo.

— Sabe o que o governo fazia? — Sean estava a toda. — Treinavam golfinhos para nadar até os navios e bater neles com os focinhos. Depois, quando a Primeira Guerra Mundial começou, amarravam bombas nas costas dos golfinhos e os faziam nadar até os navios inimigos e tocá-los com os focinhos. Mas, dessa vez, quando eles faziam isso, o que você acha que acontecia? As bombas explodiam, e os navios inimigos e os golfinhos também. Ah, claro, todo mundo diz "Pense em quantas pessoas teriam sido mortas por aquele barco se ele não tivesse explodido. Os golfinhos deram a vida por uma causa louvável". Mas aposto que o *golfinho* não pensava assim. O golfinho não começou a guerra. O golfinho não tinha nada a ver com ela.

Ele apertou os olhos e olhou para mim.

— Sabe de uma coisa, Jess? Você é o golfinho agora. E é apenas uma questão de tempo até que explodam você.

Apertei os olhos na direção dele, mas eu tinha que admitir, que a história dos golfinhos me deu arrepios.

Polo.

— Não sou golfinho nenhum — reclamei. Eu estava começando a me arrepender de ter encontrado Sean Patrick O'Hanahan. E certamente me arrependia de ter comprado para ele duas pizzas brotinho e uma Pepsi grande.

Mas, infelizmente, quanto mais eu pensava no assunto, sentada lá no restaurante, com as líderes de torcida de Paoli rindo na mesa ao lado e a música do shopping tocando suavemente à nossa volta, mais percebia que era exatamente isso que eu era... Ou melhor, em que quase permiti que me tornassem. *Volto logo*. Foi o que escrevi no bilhete que deixei no quarto naquela manhã. Eu realmente pretendia fazer isso? Eu realmente pretendia voltar?

Ou o que eu queria dizer era *hasta la vista, baby*, esse atum não tem carne de golfinho misturada?

Marco.

— Olha só — falei para Sean. — Não estamos aqui para discutir os meus problemas. Estamos aqui para discutir os seus.

Ele olhou para mim.

— Tudo bem. O que devo fazer?

— Em primeiro lugar, pare de usar o cartão de crédito do seu pai. Tome. — Enfiei a mão no bolso e depois empurrei por cima da mesa para ele o que tinha sobrado dos 100 dólares do meu pai. — Pegue isso. Depois vamos colocar você em um táxi.

— Em um táxi?

— É, um táxi. Você não pode voltar para a rodoviária, e temos que tirar você de Paoli. Quero que você vá até a minha escola. — Peguei a mochila e uma caneta. Comecei a escrever o endereço da Ernest Pyle High School em um guardanapo do Pizza Hut. — Procure o Sr. Goodhart. Diga que mandei você lá. Ele vai ajudá-lo. Peça para ele ligar pro pai da Ruth, o Sr. Abramowitz. Estou escrevendo tudo. Pare de puxar minha mão, estou escrevendo pra você.

Mas Sean continuava cutucando minha mão. Eu não sabia o que o garoto queria. A caneta? Para que ele queria a caneta?

— Sossega, por favor — pedi, olhando para ele. — Estou escrevendo o mais rápido que consigo.

Mas então eu vi seu rosto. Sean nem estava olhando para mim. Estava olhando para trás de mim, para a porta da lanchonete.

Eu me virei bem a tempo de fazer contato visual com o coronel Jenkins. Quando ele me viu, suas mãos enormes se fecharam em punhos e me lembrei, inexplicavelmente, do técnico Albright.

E isso não era tudo. Bem atrás dele havia um bando de caras fortões com uniformes do exército e cabeças raspadas, e que por acaso estavam armados.

Polo.

— Merda — soltei.

O coronel assentiu em minha direção.

— Lá está ela — ele disse.

Sean podia ter só 12 anos, mas com certeza não era burro. Sussurrou:

— Corra!

E apesar de ter só 12 anos, isso me pareceu um ótimo conselho.

Capítulo 16

O coronel Jenkins e seus homens estavam bloqueando a porta, mas isso não era problema. Havia uma porta lateral com a palavra *Saída* escrita em cima. Corremos para ela e nos vimos bem em frente à loja JCPenney.

— Espere — pedi para Sean quando ele estava se preparando para sair correndo. Tive a presença de espírito de segurar o guardanapo em que eu tinha escrito tudo. Estiquei o braço e peguei Sean pelo colarinho, depois enfiei o guardanapo no bolso da frente do jeans dele. Ele pareceu um pouco surpreso.

— Agora vá — falei, empurrando-o.

Nos separamos. Não discutimos sobre isso nem nada, apenas aconteceu. Sean correu em direção ao Photo Hut e eu fui para as escadas rolantes.

Na época em que comecei a ter que defender Douglas na escola e não sabia muito sobre brigas, meu pai me chamou e me deu algumas dicas. Um dos melhores conselhos que ele me deu (além de me mostrar como socar) foi que, se eu algum dia me visse em uma situação em que estivesse em número menor, a melhor coisa a fazer era correr. E, mais especificamente, correr ladeira abaixo. Nunca, meu pai disse, suba uma ladeira, nem escadas, nem algo do tipo, durante uma perseguição. Porque, se você subir e as pessoas perseguindo você bloquearem o caminho de volta, você não tem como escapar, a não ser pulando.

Mas eu precisava pensar em Sean. De verdade. Graças a mim, havia homens armados nos perseguindo, pelo amor de Deus. Eu não ia deixar que pegassem um garoto de 12 anos, um garoto que só se envolveu nisso por minha culpa.

Então eu sabia que ia ter que me deixar capturar no final... Mas, antes disso, tinha que fazer a perseguição durar o máximo possível, para dar a Sean uma boa chance de escapar. Teria que criar uma outra distração...

E então fui em direção às escadas rolantes.

E, graças a Deus, eles me seguiram.

Ainda era hora de almoço. Portanto, exceto pela praça de alimentação, o shopping não estava cheio. Mas consegui correr no meio das pessoas que estavam lá. Os soldados me perseguindo não eram tão ágeis: ouvi pessoas gritando ao tentarem sair do caminho, e um quiosque móvel chamado Earring Tree, pelo qual eu passei sem problema, foi derrubado quando os soldados passaram por ele.

Eu sabia que não devia entrar em nenhuma loja na tentativa de fugir desses caras. Eles iam me encurralar. Fiquei no corredor principal, que tinha muitas coisas das quais desviar: um chafariz grande, vendedores de cookies e, o melhor de tudo, um cenário gigante com animatronics de dinossauros em tamanho real, feitos para ensinar as crianças e os pais sobre a pré-história.

Não estou brincando. Tá, talvez sobre a parte de serem em tamanho real. O dinossauro mais alto só tinha uns 6 metros, e era o Tiranossauro Rex. Mas estavam amontoados num espaço de uns 30 metros, junto com samambaias de plástico e palmeiras e coisas da selva. Estranhos sons selvagens, como macacos gritando e passarinhos, podiam ser ouvidos pelos alto-falantes que imitavam pedras. Havia até um vulcão do qual saía lava de mentira, ou pelo menos parecia sair.

Olhei para trás. Meus perseguidores tinham se desvencilhado da confusão ao redor do Earring Tree e agora estavam se aproximando de mim. Olhei para o lado, pelo vão que dava para o primeiro andar sob mim. Vi Sean se desviando da Baskin-Robbins com o coronel Jenkins bem na sua cola.

— Ei — gritei.

Cabeças em todos os lados se viraram quando as pessoas começaram a me olhar, inclusive o coronel Jenkins.

— Estou aqui! — gritei. — Seu novo golfinho! Venha me pegar!

O coronel Jenkins, como eu esperava, parou de perseguir Sean e foi em direção à escada rolante.

Eu, é claro, fui em direção ao cenário de dinossauros.

Pulei a corda de veludo que separava o cenário do resto do shopping, seguida de perto por meia dúzia dos homens do coronel Jenkins. Quando meus tênis afundaram na espuma marrom que tinha sido colocada no chão para parecer terra, fui surpreendida pelo som de tambores — aparentemente os criadores do cenário não sabiam que os dinossauros existiram bem antes dos homens (e dos tambores), há centenas de milhares de anos. Houve um grito solitário, que misteriosamente me pareceu ser de um pavão. Depois houve um rugido (distintamente de leão) e vapor saiu das narinas do T. Rex, 7 metros acima da minha cabeça.

Desviei de alguns velociraptors que estavam se banqueteando na carcaça sangrenta de um tigre-dentes-de-sabre. Não adiantou muito. Os homens de Jenkins estavam bem atrás de mim. Decidi piorar as coisas para eles e pulei na água rasa que colocaram para parecer um lago, do qual tanto o vulcão de mentira quanto a cabeça do braquiossauro saíam. Afundei na água artificialmente azul, que chegava ao meio da minha batata da perna, encharcando meus tênis e a parte de baixo do meu jeans.

Então comecei a andar pela água.

Os homens de Jenkins, provavelmente pensando que me pegar não valia exatamente molhar os pés deles, pararam na borda do lago artificial.

Tudo bem, eu sabia que eles iam acabar me pegando. Não havia dúvida. Mesmo se eu saísse do shopping, para onde eu iria? Para casa?

Não.

Mas não precisava facilitar o trabalho deles. Então, quando os vi se cutucando e se separando para lados opostos do lago, prontos para me pegar quando eu decidisse sair da água, fiz a única coisa em que consegui pensar...

Subi no vulcão.

É verdade que meus tênis estavam cheios de água. E é verdade que o vulcão não era tão firme quanto pensei, e gemeu sob meu peso. Mas eu tinha que fazer alguma coisa.

E, quando cheguei ao topo do vulcão, foi bem na hora em que a lava começou a ser expelida de novo. Fiquei ali de pé, a uns 4 metros do chão, e olhei para todo mundo enquanto em volta de mim o vapor chiava e a lava, feita de plástico vermelho com pequenas luzes dentro, começou a piscar. A trilha sonora do cenário fez um barulho como se a terra estivesse se abrindo, e então um som de trovão sacudiu o lago.

— Cuidado! — gritou uma senhora de tênis de corrida, que estava olhando da corda de veludo enquanto eu subia.

— Não vá escorregar com os tênis molhados, querida — gritou a amiga dela.

Os soldados olharam para elas com quase tanto desprezo quanto eu.

Do meu ponto de visão privilegiado, podia ver o primeiro andar do shopping. Enquanto eu observava, mais seis soldados passaram, e assim que eles passaram, Sean saiu correndo do meio de um cabide de roupas na Gap e foi em direção ao Cineplex, um borrão de jeans e cabelo castanho mal pintado.

Eu sabia que uma distração maior era necessária. Então fiquei de pé na borda do vulcão e gritei:

— Não se aproximem, senão eu pulo!

As duas senhoras ofegaram. Os soldados olharam com mais desprezo do que nunca. Em primeiro lugar, eles claramente não tinham intenção alguma de chegar mais perto. Em segundo, mesmo se eu pulasse, a queda com certeza não seria fatal: eu não estava num lugar tão alto assim.

De qualquer forma, acho que pareceu bastante dramático. Lá estava eu, uma jovem virgem (infelizmente), de pé na beira do buraco do vulcão. Pena que meu cabelo estava tão curto e eu não estava vestindo nada branco e fluido. A calça jeans estragava o efeito, na minha opinião.

Então o coronel Jenkins chegou, apontando para mim e gritando com os soldados de uma maneira que, mais do que nunca, me fez pensar no técnico Albright.

— O que ela está fazendo lá em cima? — perguntou. — Tragam-na para baixo agora.

Olhei para o Cineplex. Eu ainda via Sean escondido atrás de uma imagem de papel-cartão em tamanho real de Arnold Schwarzenegger. Os soldados andavam por lá, tentando descobrir para onde ele tinha ido.

Na esperança de ter a atenção deles por tempo suficiente para Sean conseguir escapar para outro lugar, eu gritei:

— Estou falando sério! Se alguém chegar perto de mim, eu pulo! Pulo mesmo!

Bingo. Os soldados olharam para cima. Sean saiu de trás do Arnold de papel-cartão e foi em direção ao quiosque de balas e pipoca.

— Tudo bem, Srta. Mastriani — gritou o coronel Albright. — Acabou a diversão. Desça agora mesmo antes que você se machuque.

— Não — insisti.

O coronel Jenkins suspirou. Então ele sacudiu um dedo e quatro homens dele passaram por cima da corda de veludo e começaram a ir em minha direção.

— Voltem — gritei, ameaçadora. Sean, eu podia ver, só tinha que passar pela fiscal dos bilhetes e estaria lá dentro. — Estou falando sério!

— Srta. Mastriani — disse o coronel Jenkins, em um tom de voz que sugeria que ele estava se esforçando muito para ser sensato. — Fizemos alguma coisa que a ofendeu? Você foi maltratada de alguma forma, desde que seu pai a deixou aos nossos cuidados?

— Não — respondi. Os soldados estavam se aproximando.

— Não é verdade que a Dra. Shifton, a agente especial Smith e todo mundo em Crane fizeram um grande esforço para deixá-la à vontade?

— Sim — falei. Lá embaixo, a fiscal de bilhetes pegou Sean tentando entrar escondido no cinema. Ela o pegou pelo colarinho e disse alguma coisa que não consegui ouvir.

— Então vamos ser racionais. Volte para Crane e vamos conversar sobre isso.

A fiscal ergueu a voz. Os seis soldados que me observavam começaram a virar as cabeças, distraídos pela confusão no Cineplex.

Olhei para as duas senhoras.

— Chamem a polícia — gritei. — Vou ser levada contra a minha vontade para a Base Militar Crane.

— Crane? — falou a senhora de tênis de corrida. — Ah, mas ela está fechada.

— Mas que droga — disse o coronel Jenkins, aparentemente esquecendo que tinha plateia. — Desça agora ou eu mesmo vou buscar você.

As duas senhoras ofegaram, mas os soldados tinham visto Sean. Começaram a correr em direção a ele.

E os soldados que o coronel Jenkins tinha mandado vir atrás de mim estavam quase na base do vulcão.

— Ah, porcaria — reclamei quando vi Sean ser pego. Era o fim. Tinha acabado.

Mas não havia motivo para facilitar o trabalho deles.

— Solte o garoto — ameacei —, ou então vou pular!

— Não faça isso, querida — gritou uma das senhoras.

Alguns estudantes de ensino médio tinham se juntado a elas, vindo ver do que se tratava toda a confusão.

Eles gritaram para que eu pulasse.

Olhei para baixo, para o centro do vulcão. Dava para ver o círculo de piso do shopping, cercado de barras de metal que eram a base de suporte do vulcão. Eles me tirariam de lá, é claro. Mas levaria um tempo.

Olhei para a frente de novo. Os homens do coronel Jenkins ainda estavam lutando para subir pelo vulcão. As botas deles não conseguiam muito apoio na superfície de plástico escorregadia, e isso os estava atrasando.

Lá embaixo, Sean estava sendo arrastado de dentro do Cineplex chutando e gritando.

Abri meus braços, me agachando na beirada da cratera do vulcão.

— Não! — gritou o coronel Jenkins.

Mas era tarde demais. Pulei.

Capítulo 17

Eles levaram quase meia hora para me tirar de lá. A cratera do vulcão não era tão larga. Nenhum dos soldados, muito menos o coronel Jenkins, conseguia me alcançar através dele. O que consegui ao pular lá dentro foi deixar o coronel Jenkins furioso.

Valeu a pena.

Fiquei sentada ali, bastante confortável, enquanto eles tentavam decidir o que fazer para me pegar. Por fim, alguém foi até a Sears e comprou uma serra elétrica, e então cortaram um buraco na lateral do vulcão. Arrastaram-me para fora, e as pessoas que tinham ficado para ver aplaudiram, como se aquilo tivesse sido um show armado especialmente para elas.

Os agentes especiais Johnson e Smith estavam lá quando finalmente me arrastaram para fora. Os dois agiram como se a minha fuga tivesse sido uma enorme afronta pessoal. Fiz o melhor que pude para me defender.

— Mas deixei um bilhete — insisti enquanto seguíamos no carro preto do governo (com filme nas janelas) cuidadosamente neutro que ia nos levar de volta a Crane. Os agentes especiais Johnson e Smith iam nos bancos da frente e eu e Sean íamos atrás.

— Sim — disse a agente especial Smith —, mas levou várias coisas com você que nos fez acreditar que não ia voltar.

Perguntei que coisas eram aquelas. Em resposta, a agente especial Smith ergueu o álbum de fotos que o coronel Jenkins tinha deixado no meu quarto, na esperança de descobrir o paradeiro de alguns dos homens nele. Ela o tirou da minha mochila, que eles confiscaram assim que me tiraram do vulcão.

— Eu só ia mostrar isso para uma pessoa — respondi, com sinceridade.

Em algum ponto no fundo da minha mente eu tinha tido a ideia, bem antes de Sean ter me chamado de golfinho, de levar o álbum de fotos para meu irmão Michael. Eu tinha esperanças de que, com todas as habilidades dele no computador, pudesse descobrir na internet quem eram aqueles homens. Eu queria ter certeza de que eram mesmo criminosos procurados e não advogados inocentes, como Will Smith em *Inimigo do Estado*, ou algo do tipo.

Ideia burra, talvez, mas eu tinha aprendido uma ou duas lições desde a manhã em que acordei sabendo onde Sean estava.

— Eu ia levar de volta — insisti.

— Ia mesmo? — A agente especial Smith se virou para olhar para mim. Ela parecia particularmente desapontada. Dava para ver que não achava mais que eu seria uma boa aquisição para o FBI. — Se você planejava voltar, então por que levou *isso* com você?

E tirou minha flauta, protegida pelo estojo de madeira, de dentro da minha mochila, que estava com ela no banco da frente.

Ela tinha me pegado e sabia disso.

— Quando vi que isso não estava lá — disse ela, ilustrando algumas das habilidades cognitivas que tinham feito com que ela ganhasse status de agente especial —, eu soube que você não pensava em voltar, apesar do bilhete e do fato de aquela passagem de ônibus que você comprou ser de ida e volta.

— Foi assim que descobriram que eu estava em Paoli? — perguntei. Eu estava genuinamente interessada em saber quais tinham sido meus erros. Vocês sabem, se houvesse uma próxima vez. — A passagem de ônibus?

— Sim. A atendente na rodoviária perto de Crane reconheceu você. — O agente especial Johnson, para minha decepção, dirigia exatamente no limite de velocidade. Era irritante. Vários trailers nos ultrapassavam. Com exceção do comboio atrás de nós, levando o coronel Jenkins e os homens dele, nosso carro era o mais lento da estrada. — Você não é mais uma cidadã anônima, Srta. Mastriani. Não com a sua foto na capa da revista *Time*.

— Nossa — eu disse, e indiquei com a cabeça o comboio atrás de nós. — Aquela potência de fogo todo, só para mim?

— Você transportava dados altamente confidenciais — disse o agente especial Johnson, indicando o álbum de fotos. — Só queríamos ter certeza de pegá-lo de volta.

— Mas agora que vocês o têm de volta — falei —, vão me deixar ir, certo?

— Isso não cabe a nós decidir — disse o agente especial Johnson.

— Bem, e cabe a quem?

— Aos nossos superiores.

— O Canceroso?

Os agentes se entreolharam.

— Quem? — perguntou o agente especial Johnson.

— Deixa pra lá — falei. — Olha só, vocês podem só dizer para os superiores de vocês que eu desisto?

A agente especial Smith olhou para mim. Ela estava usando brincos de diamante naquele dia.

— Jess — disse ela —, você não pode desistir.

— Por que não?

— Porque você tem um talento extraordinário. É sua responsabilidade compartilhá-lo com o mundo. — A agente especial Smith sacudiu a cabeça. — Só não entendo de onde veio isso tudo. Você parecia perfeitamente feliz ontem, Jess. Por que de repente quer desistir?

Sacudi os ombros. Claire Lippman teria inveja da minha atuação, juro.

— Acho que estou com saudades de casa.

— Hum — disse o agente especial Johnson. — Pensei que o motivo de você ter vindo para cá era que estava preocupada com sua família e com o assédio da mídia.

Achei que você tinha chegado à conclusão que deixá-los era a única forma de lhes dar um pouco da privacidade que tanto desejavam.

Engoli em seco.

— É. Mas isso foi antes de eu ficar com tanta saudade de casa.

A agente especial Smith sacudiu a cabeça.

— Seu irmão Douglas. Acho que acabaram de liberá-lo do hospital. Parece que, se você voltasse agora, ele poderia acabar tendo que voltar para lá. Todas aquelas câmeras, flashes disparando em todo lugar, tudo isso mexeu com ele.

Isso foi golpe baixo. Meus olhos se encheram de lágrimas e eu comecei a pensar seriamente em me jogar pela porta do carro (estávamos indo devagar o bastante para eu não me machucar seriamente) e tentar fugir correndo.

O único problema era que as portas estavam trancadas, e o botão para destrancar não funcionava. Todos os controles ficavam no banco da frente, ao lado do agente especial Johnson.

E, de qualquer maneira, eu precisava pensar em Sean.

A agente especial Smith ainda estava falando sobre minha responsabilidade com o mundo agora que eu tinha esse poder extraordinário.

— Então eu devo ajudar homens maus a serem levados à justiça? — perguntei, só para ter certeza de que eu estava entendendo tudo.

— Bem, sim — disse a agente especial Smith. — E reunir pessoas como Sean com seus entes queridos.

Sean e eu trocamos olhares.

— Alô — disse Sean. — Vocês não leem os jornais? Meu pai é um imbecil.

— Você nunca teve a chance de conhecê-lo de verdade, não é, Sean? — disse a agente especial Smith, com uma voz suave. — Pelo que sei, sua mãe tirou você dele quando você só tinha 6 anos.

— É — disse Sean. — Porque ele quebrou meu braço por eu não ter guardado todos os brinquedos uma vez.

— Meu Deus — exclamei, olhando para Sean. — Quem é seu pai? O Darth Vader?

Sean assentiu.

— Só que não tão legal.

— Ah, ótimo trabalho — eu disse para os agentes especiais Johnson e Smith. — Vocês devem estar muito orgulhosos por devolver esse garotinho a um lord Sith.

— Ei — disse Sean, parecendo horrorizado —, não sou um garotinho.

— O Sr. O'Hanahan — disse a agente especial Smith com uma voz baixa e tensa — foi declarado um pai adequado e o guardião de Sean por direito pela corte estadual do Illinois.

— Também era legal ter escravos no Illinois — disse Sean. — O que não fazia disso uma coisa certa.

— Cortes cometem erros — falei.

— Dos grandes — completou Sean.

Eu era a única no carro, tive certeza, que ouviu a voz dele tremer. Estiquei a mão e segurei a dele. Ficamos de mãos dadas pelo resto do caminho, apesar de a mão dele ter ficado meio suada. Ei, a coisa toda era minha culpa, certo? O que mais eu podia fazer?

Eles nos separaram quando chegamos a Crane. Como Sean já tinha escapado de todo mundo antes e o pai dele só viria buscá-lo no dia seguinte, acho que queriam ter certeza absoluta de que não faria isso de novo, e o trancaram na enfermaria.

Não estou brincando.

Acho que escolheram a enfermaria, e não a prisão, por exemplo, onde acho que prendem soldados que fazem besteira, porque depois eles poderiam dizer que não o estavam mantendo contra a vontade... Afinal, tinham-no levado para a enfermaria, certo? Provavelmente diriam que o trancaram lá para a própria segurança dele.

Mas mesmo não sendo exatamente uma cela de prisão, dava na mesma. As quatro janelas tinham grades pelo lado de fora, acho que para impedir que as pessoas invadissem e roubassem remédios, já que a enfermaria ficava no térreo. E eu por acaso sabia, por ter estado lá no dia anterior para meu exame médico, que todos os armários com coisas legais dentro, tipo estetoscópios e seringas, ficavam trancados, e as revistas eram todas velhas. Sean não ia ter muita coisa para afastar a mente da chegada iminente do pai.

Quanto a mim, eles me trancaram de volta no meu velho quarto. De verdade. Voltei ao ponto de partida daquela manhã, com uma diferença: a porta estava trancada por fora, e o telefone estranhamente tinha parado de funcionar.

Eu não sei o que eles acharam que eu ia fazer. Ligar para a polícia?

— Policial, policial, estou sendo mantida contra minha vontade na Base Militar Crane!

— Base Militar Crane? Do que você está falando? Esse lugar foi fechado há anos!

Nada de privilégios telefônicos para mim. E nada de idas à piscina também. Minha porta estava firmemente trancada.

Marco Polo está preso pela noite. Repito. Marco Polo está preso.

Ou é o que devem ter pensado. Mas vejam:

Quando uma garota (que é basicamente uma boa garota, mas talvez um pouco precipitada para se envolver em brigas) é obrigada a ficar sentada por uma hora, todos dias depois da aula, com os garotos que não são tão bons assim, mesmo que ela não tenha permissão para falar com eles, o fato é que ela vai aprender algumas coisas.

E talvez as coisas que ela vá aprender não sejam o tipo de coisa que você quer que uma boa garota aprenda. Como, por exemplo, provocar um incêndio com bastante fumaça em um banheiro feminino de rodoviária.

Ou como arrombar uma fechadura. É bem fácil, na verdade, dependendo da tranca. A que havia no meu quarto não era muito forte. Consegui abri-la com a carga de uma caneta esferográfica.

Esse tipo de coisas a gente simplesmente aprende, tá?

Eles me pegaram imediatamente. Cara, o coronel Jenkins ficou furioso. Mas não tão furioso quanto o agente especial Johnson. Ele me via como uma pedra no seu sapato desde o dia em que quebrei o nariz do último parceiro dele. Dava para ver que eu realmente tinha passado dos limites dessa vez.

E foi por isso que enfiaram o álbum nas minhas mãos. Estavam de saco cheio. Pretendiam me trancar de verdade dessa vez.

A Dra. Shifton intercedeu um pouco em meu favor. Eu a ouvi insistindo que eu obviamente tinha problemas com figuras de autoridade e que eles estavam lidando com isso da maneira errada. Eu faria o que queriam, disse ela, se fizessem parecer que era minha ideia.

O coronel Jenkins não gostou daquilo.

— Droga, Helen, ela sabe o paradeiro de cada um daqueles homens. Eu vejo nos olhos dela. O que devemos fazer, ficar esperando até que ela esteja a fim de nos contar?

— Sim — disse a Dra. Shifton. — É exatamente o que devemos fazer.

Gostei de a Dra. Shifton ter falado isso. E, de qualquer maneira, eu não sabia onde cada um daqueles homens estava.

Só a maioria deles.

Eu ouvi tudo isso porque por acaso a sala da Dra. Shifton é bem ao lado da enfermaria, e foi lá que me colocaram depois que fugi pela segunda vez: na enfermaria... com Sean...

Exatamente como eu queria que fizessem.

Não comecem a pensar que eu tinha algum tipo de plano ou coisa assim. Não mesmo. Só achei que o garoto precisava de mim, só isso.

O fato de ele não concordar realmente não importa.

— O que você está fazendo aqui? — perguntou ele, olhando para mim da cama na qual estava deitado. Seu tom de voz implicava que ele não estava feliz em me ver.

— Vim ver sua desgraça — zoei.

— Meu pai vai chegar logo de manhã, eles disseram. — O rosto de Sean estava muito pálido. Bem, exceto pelas sardas. — Ele não conseguiu vir hoje por causa de uma reunião. Mas vai ter escolta policial amanhã de manhã, assim que estiver pronto para sair. — Ele sacudiu a cabeça. — Meu pai é assim. O trabalho sempre vem primeiro. E se você atrapalhar isso, cuidado.

Eu disse com delicadeza:

— Sean, eu disse que ia ajudar você, e estava falando sério.

Sean olhou para a porta trancada, erguendo as sobrancelhas.

— E como você vai fazer isso?

— Não sei — respondi. — Mas juro que vou.

Sean apenas sacudiu a cabeça.

— Claro. Claro que vai, Jess.

O fato de ele não acreditar em mim só me deixou mais determinada.

As horas se arrastaram, e ninguém chegou perto da enfermaria, nem mesmo a Dra. Shifton. Passamos o tempo tentando pensar em meios de fugir, ouvindo rádio e fazendo palavras-cruzadas de revistas *People* velhas.

Finalmente, por volta das 18 horas, a porta se abriu e a agente especial Smith entrou segurando alguns sacos do McDonald's. Acho que meus dias de lagosta tinham acabado. Mas eu não ligava. O cheiro das batatas fritas afetou meu estômago, que eu não tinha notado até estar completamente vazio, roncando alto.

— Oi — disse a agente especial Smith com um sorriso triste. — Trouxe o jantar de vocês. Vocês estão bem?

— Exceto pelo fato de nossos direitos constitucionais terem sido violados — respondi —, estamos ótimos.

O sorriso da agente especial Smith passou de triste a forçado. Ela colocou o jantar em cima de uma das camas: ofertas de Double Cheeseburger. Não era meu favorito, mas ao menos ela tinha aumentado as porções de batatas e refrigerante.

Sean praticamente inalou seu primeiro sanduíche. Admito ter enfiado bem mais batatas na minha boca do que provavelmente me faria bem. Enquanto eu comia, a agente especial Smith fez sua tentativa de argumentar comigo. Acho que a Dra. Shifton andou treinando-a.

— Você tem um dom muito especial, Jess — disse ela, praticamente ignorando Sean. — E seria uma pena desperdiçá-lo. Precisamos desesperadamente da sua ajuda. Você não quer tornar esse mundo um lugar melhor e mais seguro para jovens como você?

— Claro — respondi, engolindo. — Mas não quero ser um golfinho.

A agente especial Smith enrugou as belas sobrancelhas.

— Um o quê?

Contei a ela sobre os golfinhos enquanto Sean só observava, mastigando silenciosamente. Dei para ele um dos meus cheeseburgueres, mas mesmo depois de ter comido três, ele não parecia satisfeito. Ele conseguia comer uma quantidade alarmante de comida para um garoto tão pequeno.

A agente especial Smith balançou a cabeça, ainda parecendo perplexa.

— Nunca ouvi isso antes. Sei que usavam pastores-alemães para missões similares na Primeira Guerra Mundial...

— Pastores alemães, golfinhos, seja lá o que for. — Ergui meu queixo. — Não quero ser usada.

— Jess — disse a agente especial Smith. — Seu dom...

— Não — interrompi, erguendo a mão. — É sério. Nem comece. Não quero mais ouvir sobre isso. Esse "dom" do qual vocês ficam falando só me causou problemas. Fez meu irmão surtar depois de ele estar indo muito bem e colocou a mãe desse garotinho na prisão...

— Ei — disse Sean, indignado.

Eu tinha esquecido sobre a objeção dele quanto ao uso da palavra "garotinho".

— Jess. — A agente especial Smith amassou os sacos de papel vazios do meu jantar. — Seja razoável. É muito triste o que aconteceu com a mãe de Sean, mas o fato é que ela violou a lei. E, quanto ao seu irmão, você não pode desistir de tudo por causa de um contratempo. Tente manter as coisas em perspectiva...

— "Manter as coisas em perspectiva"? — Inclinei-me para a frente e falei cuidadosamente para que ela me entendesse bem. — Me desculpe, agente especial Smith, mas fui atingida por um raio. Agora, sonho com pessoas desaparecidas e, por acaso, sei onde essas pessoas estão quando acordo. De repente, o governo americano quer me usar como uma espécie de arma secreta contra fugitivos da justiça, e você acha que eu devia *manter as coisas em perspectiva*?

A agente especial Smith parecia irritada.

— Acho que você devia tentar se lembrar — disse ela — que o que você chama de golfinho a maioria dos americanos chamaria de herói.

Ela se virou para jogar os sacos vazios no lixo.

— Eu não vim aqui — continuou quando voltou a se virar — para discutir com você, Jess. Só achei que ia querer isso de volta.

Ela me deu minha mochila. O álbum de fotos não estava mais lá, claro, mas minha flauta estava. Apertei-a com força contra o peito.

— Obrigada — falei.

Fiquei estranhamente tocada pelo gesto. Não me perguntem por quê. Era minha flauta, afinal. Eu esperava não estar começando a sofrer daquele troço que os reféns têm, quando começam a simpatizar com o sequestrador.

— Gosto de você, Jess — disse a agente especial Smith. — Espero de verdade que, enquanto estiver aqui essa noite, pense no que eu disse. Porque, sabe, acho que você daria uma ótima agente federal algum dia.

— É mesmo? — perguntei, como se eu achasse que isso era um enorme elogio.

— Acho, sim. — Ela foi até a porta. — Vejo vocês dois mais tarde.

Sean só resmungou da cama dele. Eu respondi:

— Claro. Até mais tarde.

Ela foi embora. Ouvi a porta sendo trancada. A tranca da enfermaria era do tipo que mesmo eu, com meu amplo conhecimento do assunto, não conseguia arrombar.

Mas isso não importava. Porque a agente especial Smith estava certa quando disse que eu daria uma ótima agente federal.

Enquanto ela jogava os sacos no lixo, eu tinha esticado a mão e tirado o celular da bolsa dela.

Levantei-o para que Sean o visse.

— Ah, sim — falei. — Sou ótima. Ótima *mesmo*.

Capítulo 18

Levamos algum tempo para entender como funcionava o celular da agente especial Smith. É claro que era preciso informar uma senha para ter linha. Foi isso que levou mais tempo, descobrir a senha dela. Mas a maioria das senhas, como aprendi com Michael (que se diverte descobrindo esse tipo de coisa), têm de quatro a seis caracteres ou números. O primeiro nome da agente especial Smith era Jill. Apertei 5455 e *voilà*, como minha mãe diria: conseguimos.

Sean queria que eu ligasse para o noticiário do canal 11.

— Falando sério — disse ele. — Estão bem do lado de fora dos portões. Eu vi quando entramos. Conte pra eles o que está acontecendo.

— Acalme-se, baixinho. Não vou ligar para o noticiário do canal 11.

Ele parou de se agitar e disse:

— Sabe, estou ficando de saco cheio de você me chamar de baixinho e falar sobre como sou pequeno. Sou quase tão alto quanto você. E farei 13 anos daqui a nove meses.

— Quieto — pedi enquanto ligava. — Não temos muito tempo até que ela perceba que o celular sumiu.

Liguei para minha casa. Minha mãe atendeu. Estavam jantando, a primeira vez com Douglas desde que ele tinha voltado do hospital. Minha mãe falou:

— Querida, como você está? Estão tratando você bem?

— Não exatamente. Posso falar com papai? — perguntei.

— O que você quer dizer com "não exatamente"? Papai disse que você tem um quarto lindo, com uma TV grande e um banheiro só para você. Você não gostou?

— É legal — falei. — Olha só, papai está aí?

— É claro que ele está aqui. Onde mais estaria? E está tão orgulhoso de você quanto eu.

Eu só estava fora há 48 horas, mas, pelo visto, nesse meio-tempo minha mãe tinha enlouquecido.

— Orgulhosa de mim? — repeti. — Por quê?

— Pelo dinheiro das recompensas! — gritou minha mãe. — Chegou hoje! Um cheque de 10 mil dólares, em seu nome, querida. E isso é só o começo, docinho.

Cara, ela realmente tinha perdido a cabeça.

— Começo de quê?

— Do tipo de renda que você vai ter por conta disso — disse minha mãe. — Querida, a Pepsi ligou. Querem saber se você está interessada em participar da campanha de um novo tipo de refrigerante que eles criaram. Tem gingko biloba, que dá poder ao cérebro.

— Você só pode — comecei, com a garganta repentinamente seca — estar brincando.

— Não. É bem gostoso; eles deixaram uma caixa aqui. Jessie, estão oferecendo 100 mil dólares só para você ficar de pé em frente à câmera e dizer que há formas mais fáceis de expandir a força do cérebro do que ser atingida por um raio...

Ao fundo, ouvi meu pai dizer:

— Toni. — Ele parecia inflexível. — Ela não vai fazer isso.

— Deixe que ela decida, Joe — disse minha mãe. — Ela pode gostar. E acho que se sairá bem nisso. Jess é bem mais bonita do que muitas dessas garotas que eu vejo na TV...

Minha garganta estava começando a doer, mas não tinha nada que eu pudesse fazer sobre isso, porque todos os remédios da enfermaria, até o enxaguante bucal, estavam trancados.

— Mamãe — repeti. — Posso, por favor, falar com papai?

— Em um minuto, querida. Só quero contar a você como Dougie está indo bem. Você não é a única heroína na família, sabe. Dougie está ótimo, muito bem mesmo. Mas é claro, ele sente saudades da pequena Jess.

— Isso é ótimo, mamãe. — Engoli em seco. — Isso é... Então ele não está ouvindo vozes?

— Nenhuma. Não desde que você foi para base e todos aqueles repórteres horríveis foram junto. Sentimos sua falta, docinho, mas certamente não sentimos falta de todas aquelas vans. Os vizinhos estavam começando a reclamar. Bem, você conhece os Abramowitz. Fazem um auê por causa daquele jardim.

Não falei nada. Acho que eu não conseguiria, mesmo se quisesse.

— Quer dizer oi para Dougie, querida? Ele quer falar com você. Estamos comendo o prato favorito de Dougie, para comemorar a volta dele para casa. *Manicotti*. Me sinto mal de fazer essa comida sem você aqui. Sei que é sua favorita também. Quer que eu guarde um pouco? Estão alimentando você direito aí? Quero dizer, é só comida militar?

— Não — respondi. — Mamãe, posso falar com...

Mas minha mãe tinha passado o telefone para Douglas. Ouvi a voz do meu irmão, profunda mas trêmula como sempre.

— Oi — disse ele. — Como você está?

Virei-me para ficar sentada de costas para Sean, para que ele não me visse enxugar os olhos.

— Bem — falei.

— É? Tem certeza? Você não parece bem.

Segurei o telefone longe do rosto e limpei a garganta.

— Tenho certeza — falei quando achei que conseguiria falar sem parecer que eu estava chorando. — Como você está?

— Bem — disse ele. — Aumentaram minha medicação de novo. Fico com a boca tão seca que não dá para acreditar.

— Me desculpe — falei. — Dougie, me desculpe.

Ele pareceu meio surpreso.

— Está se desculpando por quê? Não é culpa sua.

— Bom, é sim. Um pouco. Quero dizer, todas aquelas pessoas no nosso jardim estavam lá por minha causa. Elas estressaram você. E isso foi minha culpa.

— Bobagem — disse Douglas.

Mas não era. Eu sabia que não. Gostava de pensar que Douglas era bem mais são do que minha mãe acreditava que ele fosse, mas a verdade era que sua saúde ainda estava bem frágil. Derrubar sem querer uma bandeja cheia de pratos no restaurante não ia deflagrar um dos episódios, mas acordar e encontrar um bando de estranhos com filmadoras em frente à casa dele, com certeza, sim.

E foi quando eu soube que, por mais que quisesse, não podia ir para casa. Ainda não. Não se eu quisesse que Douglas ficasse bem.

— E aí, estão te tratando bem? — quis saber Douglas.

Fiquei olhando através das grades da janela. Do lado de fora, o sol estava se pondo, os últimos raios do dia iluminando o gramado aparado. Ao longe, eu podia ver uma pequena pista de corrida com um helicóptero perto. Nenhum helicóptero tinha levantado voo ou pousado desde que comecei a observar. Não havia óvnis em Crane. Não havia nada em Crane.

— Claro — respondi.

— É mesmo? Porque você parece meio chateada.

— Não — repeti. — Estou bem.

— E aí, como você vai gastar o dinheiro da recompensa?

— Ah, não sei. Como você acha que eu deveria gastar?

Douglas pensou no assunto e respondeu:

— Bem, papai bem que está precisando de tacos novos. Não que ele tenha muitas oportunidades de jogar.

— Não quero tacos de golfe — ouvi meu pai gritando ao fundo. — Vamos guardar o dinheiro para a faculdade de Jess.

— Quero um carro! — ouvi Michael gritar também.

Ri um pouco e disse:

— Ele só quer um carro pra poder levar Claire Lippman até a pedreira.

— Você sabe que é verdade. E acho que mamãe adoraria uma máquina de costura nova — disse Doug.

— Para poder fazer mais vestidos iguais para nós duas. — Sorri. — É claro. E você?

— Eu? — Douglas estava começando a parecer mais distante do que nunca. — Só quero você em casa e que tudo volte ao normal.

Precisei tossir para disfarçar, mas já estava chorando de novo.

— Bem — comecei. — Voltarei logo pra casa. E aí você vai desejar que eu não estivesse, pois vou voltar a entrar toda hora no seu quarto sem bater.

— Sinto falta de você entrando sem bater — disse Douglas.

Isso era mais do que eu podia suportar. Falei:

— Eu... Eu tenho que ir.

— Espere um pouco. Papai quer dizer... — disse Douglas.

Mas desliguei. De repente, eu soube. Não podia falar com meu pai. O que ele poderia fazer por mim, de qualquer modo? Não podia me tirar dessa situação.

E mesmo se pudesse, para onde eu iria? Não podia ir para casa. Não com repórteres e representantes da Pepsi me seguindo aonde quer que eu fosse. Douglas perderia completamente a frágil ligação que tinha com a sanidade naquele momento.

— Jess?

Dei um pulo. Quase esqueci que Sean estava lá comigo. Lancei a ele um olhar assustado.

— O quê?

— Você está...? — Ele ergueu as sobrancelhas. — Está.

— Estou o quê?

— Chorando — disse ele. Depois a testa sardenta dele se enrugou. Ele me olhou com desdém. — Por que você está chorando?

— Por nada — despistei. Levantei o braço e limpei meus olhos com a parte de trás do pulso. — Não estou chorando.

— Você é uma mentirosa de merda — reclamou ele.

— Ei, não fale palavrão.

Comecei a discar o telefone de novo.

— Por que não? Você fala. Para quem você vai ligar agora?

— Para alguém que vai nos tirar dessa merda de lugar.

Capítulo 19

Passava um pouco da meia-noite quando ouvi: o mesmo motor de moto que eu me esforçava para ouvir nas últimas semanas. Só que dessa vez ela não estava descendo a Lumley Lane como fazia nos meus sonhos.

Ela soava nos estacionamentos vazios da Base Militar Crane.

Pulei da cama onde estava cochilando e corri para a janela. Tive que proteger os olhos com a mão para conseguir ver o que estava acontecendo lá fora. Em um círculo de luz emitido por uma das lâmpadas de segurança, vi Rob. Ele estava dando voltas pelo pátio, e o rosto dele (escondido pelo capacete da moto) virava para a esquerda e para a direita, tentando descobrir em que prédio eu estava.

Bati no vidro da janela e gritei o nome dele.

Sean, encolhido na cama ao lado da minha, se sentou de repente, tão desperto quanto estava adormecido no momento anterior.

— É meu pai — disse ele com a voz engasgada.

— Não, não é seu pai — tranquilizei-o. — Se afaste enquanto eu quebro essa janela. Ele não consegue me ouvir.

Eu sabia que só tinha alguns segundos até que Rob passasse pela enfermaria. Precisava agir rápido. Peguei a coisa mais próxima que encontrei (uma lata de lixo de metal) e joguei-a contra a janela.

Funcionou. O vidro explodiu para todos os lados, inclusive para cima de mim, já que muitos dos cacos ricochetearam nas barras de metal. Pude sentir pequenos pedaços de vidro no meu cabelo e na minha blusa.

Eu não ligava. Gritei:

— Rob!

Ele esticou o pé e parou a moto de repente. Um segundo depois, voltou a montar na moto e vinha pela grama na minha direção. Foi só então que me dei conta de que, atrás dele, havia meia dúzia de outros motociclistas, caras grandes em Harleys.

— Oi — disse Rob quando apoiou a moto e tirou o capacete. Ele desceu e veio até mim. — Você está bem?

Assenti. Nem consigo explicar o quanto era bom vê-lo. Foi ainda melhor quando ele enfiou a mão pela grade de metal, segurou a parte da frente da minha blusa, me puxou para a frente e me beijou por entre as grades.

Quando me soltou, foi tão de repente que percebi que Rob não pretendia me beijar. Meio que aconteceu sozinho.

— Sinto muito — disse ele, mas sem parecer sentir de verdade, se é que vocês me entendem.

— Tudo bem — respondi. Bem? Foi o melhor beijo que eu já dei, até melhor do que o primeiro. — Você tem certeza de que não se importa de fazer isso?

— É moleza.

E então começou a trabalhar.

Sean, que observava tudo, disse com uma voz muito indignada:

— Quem é *esse*?

— Rob Wilkins — respondi.

Devo ter dito o nome dele de uma maneira bem feliz, porque Sean perguntou, desconfiado:

— É seu namorado?

— Não — falei. Quem me dera.

Sean estava horrorizado.

— E você vai deixar esse cara beijar você assim, sem fazer nada?

— Ele só estava feliz em me ver.

Um rosto muito cabeludo substituiu o de Rob na janela. Reconheci seu amigo do Chick's, aquele que tinha a tatuagem da Ofensiva de Tet. Ele passou uma corrente pela grade, depois prendeu a outra ponta na parte de trás de uma das motos.

— Para trás, vocês dois — avisou. — Isso vai fazer uma confusão enorme.

O rosto desapareceu. Sean olhou para mim.

— São seus amigos? — perguntou, num tom reprovador.

— Mais ou menos — disfarcei. — Agora se afaste, tá? Não quero que você se machuque.

— Meu Deus — murmurou Sean. — Não sou um bebê, tá legal?

Mas quando o motoqueiro acelerou e a corrente tremeu e depois se esticou, Sean colocou as mãos sobre os ouvidos.

— Vamos nos ferrar — resmungou, com os olhos fechados.

Fiquei com a sensação ruim de que Sean estava certo. A grade gemia de maneira ameaçadora, mas não se movia nem um centímetro. Enquanto isso, o motor da moto gritava e os pneus levantavam uma tonelada de poeira e a jogavam, junto com pedaços de grama, para dentro do aposento, cujo chão já estava coberto de vidro.

Por um minuto, achei que não ia funcionar, ou que, se funcionasse, o barulho iria acordar o coronel Jenkins e seus homens, e estariam atrás de nós num piscar de olhos. A grade estava muito bem presa na moldura de concreto da janela. Eu não queria dizer nada, é claro, pois Rob estava fazendo o melhor que podia, mas parecia uma causa perdida. Principalmente quando Sean me cutucou e disse:

— Escute...

De repente, ouvi. Por trás do barulho do motor da moto, o tilintar de chaves do lado de fora da porta da enfermaria.

Era o fim. Seríamos pegos.

O que era pior, eu provavelmente faria com que nossos salvadores fossem pegos também. Quanto tempo Rob passaria na cadeia por minha causa? Qual era a sentença por tentar libertar uma paranormal de uma base militar?

E então, com um som que parecia mil unhas arranhando um quadro-negro gigantesco, a grade inteira se soltou e foi arrastada por alguns metros até o motoqueiro acionar os freios.

— Venham — disse Rob, esticando o braço em minha direção pelo buraco onde antes estava a grade.

Empurrei Sean para a frente.

— Ele primeiro — insisti.

— Não, você.

Sean, em um esforço para ser cavalheiro, tentou me empurrar pela janela primeiro, mas Rob o impediu e puxou-o buraco afora.

Isso me deu a chance de pegar minha mochila, que a agente especial Smith tinha tão bondosamente devolvido, e passar pelo buraco da janela atrás deles no momento em que a tranca na enfermaria foi aberta.

Do lado de fora, era uma úmida noite de primavera, silenciosa e parada... Exceto pelo barulho dos motores das motos. Fiquei atônita ao ver que, além dos amigos de Rob do Chick's, Greg Wylie e Hank Wendell, da fileira de trás da detenção, também estavam lá, em motos bem trabalhadas. Tenho que admitir, fiquei com lágrimas nos olhos ao vê-los: eu não tinha ideia de que meus companheiros delinquentes juvenis gostavam tanto de mim.

Sean, no entanto, não estava muito impressionado.

— Você só pode estar brincando — disse quando viu pela primeira vez quem eram os salvadores.

— Olha só — falei para ele enquanto colocava o capacete que Rob me passou. — São esses caras ou seu pai. Você escolhe.

— Caramba — disse Sean, balançando a cabeça. — Assim fica difícil de escolher.

Hank Wendell enfiou um capacete na mão dele.

— Tome aqui, garoto — disse ele, abrindo lugar na moto para os 36 quilos de Sean e depois acelerando. — Suba.

Não sei se Sean teria subido se, naquele momento, uma sirene de romper o tímpano não tivesse começado a soar.

Um dos caras do Chick's (Frankie, que tinha uma tatuagem de bebê no bíceps) gritou:

— Lá vêm eles.

Um segundo depois, alguns militares apareceram correndo em direção à janela sem grade, gritando para que parássemos. Luzes iluminaram o estacionamento.

— Segure firme — Rob disse quando me sentei atrás dele e passei os braços em volta da sua cintura.

— Parem! — gritou uma voz de homem.

Olhei por cima do ombro. Havia um jipe militar vindo em nossa direção com um homem de pé atrás gritando em um megafone. Atrás dele, eu podia ver as luzes se acendendo em vários prédios pela base e pessoas correndo para fora, tentando ver o que estava acontecendo.

— Isto é propriedade do governo americano — declarou o cara com o megafone. — Vocês estão invadindo. Desliguem os motores agora.

E então o ar da noite foi perturbado por uma explosão enorme. Vi uma bola de fogo subir pelo ar sobre a pista de decolagem. Todo mundo se abaixou, menos Frankie e o cara com a tatuagem da Ofensiva de Tet, que fizeram um *high five*.

— Que beleza — disse Frankie. — Ainda somos os bons.

— O que foi *aquilo*? — gritei enquanto Rob acelerava.

— Um helicóptero — gritou Rob de volta. — Só uma tática de distração, para confundir o inimigo.

— Você pode explodir um helicóptero mas não pode sair comigo? — Não dava para acreditar. — Qual é o seu problema?

Mas não tive oportunidade de reclamar por muito tempo porque Rob acelerou e, de repente, estávamos cruzando os terrenos escuros que circundavam Crane, indo em direção aos portões de entrada. O céu noturno agora estava tomado pelo brilho alaranjado do helicóptero em chamas. Novas sirenes, obviamente dos carros de bombeiro chamados para apagar as chamas, cortaram a noite, e luzes de busca se moviam contra as nuvens baixas no céu.

Tudo isso, pensei, para tirar um garotinho e uma paranormal de uma enfermaria.

Não tínhamos conseguido nos livrar do cara do jipe. Ele estava bem atrás de nós, ainda gritando pelo megafone para que parássemos.

Mas Rob e os amigos dele não pararam. Na verdade, aumentaram a velocidade.

Tudo bem, eu admito: amei cada minuto. Finalmente, *finalmente*, eu estava indo rápido o bastante.

E então, a uns 100 metros dos portões da frente, Rob esticou o pé e derrapamos até parar. Os amigos fizeram o mesmo.

Por um momento, ficamos ali, os seis motoqueiros, Rob, Sean e eu, os motores roncando, olhando bem para a nossa frente. O brilho do fogo na pista de decolagem claramente iluminou a longa estrada que levava aos portões da frente da base. Havia guardas lá, eu me lembrava de quando passara por eles de ônibus para ir para o shopping. Guardas armados. Eu não tinha ideia de como Rob e os outros tinham passado pelos sentinelas armados para entrar na base, e não tinha ideia de como passaríamos por eles para sair dela. Eu só conseguia pensar sem parar: "Ah, meu Deus, eles explodiram um helicóptero. *Explodiram um helicóptero.*"

Mas talvez tivesse sido uma boa terem feito aquilo, porque não havia ninguém bloqueando nosso caminho. Todo mundo estava indo em direção à pista de decolagem para ajudar a apagar o fogo.

Menos o cara no jipe atrás de nós.

— Desliguem os motores e coloquem as mãos para o alto — disse o cara.

Em vez disso, Rob se endireitou e seguimos em frente a toda, na direção dos portões.

Que estavam abertos.

E então alguém de roupão veio correndo pela estrada e parou bem em frente aos portões. Era alguém que eu conhecia. O homem ergueu um megafone.

— Parem. — A voz do coronel Jenkins explodiu pela noite, mais alta do que os motores das motos, mais alta do que as sirenes. — Vocês estão presos. Desliguem os motores agora.

Ele estava de pé diretamente em frente aos portões. O roupão tinha aberto e eu pude ver que ele usava um pijama azul-claro por baixo.

Rob não diminuiu. Na verdade, acelerou mais.

— Desliguem os motores — ordenou o coronel Jenkins.

— Estão ouvindo? Vocês estão presos. Desliguem os motores *agora*.

Os guardas dos portões apareceram, com suas armas. Não apontaram para nós, mas ficaram de pé dos dois lados do coronel Jenkins.

Ninguém desligou o motor. Na verdade, Greg e Hank aceleraram e começaram a correr ainda mais rápido em direção aos portões. Eu não tinha ideia do que eles pensavam que aconteceria quando chegassem aos soldados. Os caras não iam simplesmente sair do caminho para nos deixar passar. Não era uma brincadeirinha qualquer para ver quem desistiria primeiro. Não quando o outro cara empunhava um rifle de alto calibre.

Acho que o cronel Jenkins percebeu que ninguém ia desligar o motor, porque de repente baixou o megafone e assentiu para os dois guardas. Apertei mais a cintura de Rob e abaixei a cabeça, com medo de olhar. Eu tinha certeza de que só iam atirar para o alto, para terem nossa atenção. Ele não podia ter intenção de...

Mas nunca descobri se eles atirariam ou não em nós, porque Rob deu uma guinada forte para o lado...

E de repente estávamos saindo da base. Não pelos portões da frente, mas por um buraco grande na cerca de metal que tinha sido cuidadosamente cortada ao lado de um dos portões. Foi assim que Rob e os amigos tinham passado pelos sentinelas. Só tinha sido necessário um pouco de determinação, um par de cortadores de arame e um pouco de experiência em invadir propriedades privadas.

Quando saímos da base, a única luz que tínhamos para iluminar o caminho eram os faróis das motos, mas isso não era problema. Olhei para trás de mim e vi que o jipe ainda estava atrás de nós, determinado a nos parar de alguma maneira.

Mas, quando falei isso para Rob, ele só riu. A estrada que levava até Crane era pouco usada, exceto pelo tráfego da base. Em torno dela só havia milharais, e depois dos milharais, matas fechadas. Foi em direção a essas matas que Rob seguiu, os outros motociclistas atrás dele, saindo da estrada e indo em direção ao milharal, que no começo da primavera estava na altura do tornozelo.

O jipe seguiu atrás de nós, mas era um caminho acidentado. O coronel deve ter recebido uma mensagem, porque logo alguns utilitários se juntaram ao jipe. Mas não importava. Estávamos voando entre eles como vaga-lumes. Ninguém conseguiria acompanhar, exceto talvez o helicóptero e, bem, isso não ia acontecer, por motivos óbvios.

E então escapamos deles. Não sei se eles simplesmente desistiram ou se foram chamados de volta à base. Mas, de repente, estávamos sozinhos.

Tínhamos conseguido.

Ainda assim, nos mantivemos em estradas secundárias, só por segurança. Mas tenho certeza de que não fomos seguidos. Paramos várias vezes para verificar, em cidadezinhas sem movimento ao longo do caminho, onde havia uma bomba de gasolina ao lado de uma loja de família, e onde o barulho dos motores das motos fazia luzes de quartos se acenderem e cachorros presos em quintais latirem.

Mas não havia nada atrás de nós, nada exceto longos trechos de estrada, se contorcendo como rios sob o céu pesado.

Marco.

Polo.

Estávamos livres.

Capítulo 20

Rob nos levou para a casa dele.

Não Greg, Hank e os outros caras. Não tenho ideia de para onde eles foram. Bem, isso não é verdade. Acho que foram para o Chick's enfiar o pé na jaca e comemorar a bem-sucedida invasão de uma base do governo, considerada por muitos tão impenetrável quanto a Área 51.

Obviamente quem pensava assim não conhecia alguém da última fileira da detenção na Ernest Pyle High School.

Sean e eu, no entanto, não nos juntamos às festividades e fomos para a casa de Rob.

Fiquei surpresa quando vi a casa dele. Era uma fazenda, não grande (apesar de ser difícil de ter certeza no escuro) mas construída por volta da mesma época que minha casa na Lumley Lane.

Só que, como ficava no lado errado da cidade, ninguém tinha colocado uma placa lá, declarando-a um marco

Ainda assim, era uma casinha agradável, com uma varanda na frente e um celeiro atrás. Rob morava lá com apenas uma pessoa, a mãe dele. Não sei o que aconteceu com seu pai, e não quis perguntar.

Entramos na casa em silêncio para não acordar a Sra. Wilkins, que tinha sido demitida recentemente da fábrica de plástico local. Rob me mostrou o quarto dele e disse que eu podia dormir lá. Depois juntou uns cobertores e outras coisas para que ele e Sean pudessem dormir no celeiro.

Sean não pareceu ficar particularmente feliz com isso, mas estava tão cansado que mal conseguia ficar de olhos abertos e seguiu Rob como um pequeno zumbi.

Eu mesma estava parecendo um zumbi também. Não conseguia acreditar no que tínhamos feito. Depois de trocar de roupa, fiquei deitada no quarto de Rob, pensando no assunto. Tínhamos destruído propriedade do governo. Tínhamos desafiado as ordens de um coronel do exército dos Estados Unidos. Tínhamos explodido um helicóptero.

Estaríamos muito encrencados de manhã.

Mas eu estava com tanto sono que foi meio difícil me preocupar com isso. Tudo em que conseguia pensar era em como era estranho estar no quarto de um garoto. Quero dizer, um garoto que não era meu irmão. Eu já tinha entrado no quarto de Skip (vocês sabem, na casa de Ruth) muitas vezes, mas não se parecia em nada com o de Rob. Primeiro de tudo, Rob não tinha pôsteres de carros na parede. Nem tinha *Playboys* debaixo da cama (eu verifiquei). Ainda assim, era bastante masculino. Ele tinha lençóis quadriculados e tudo o mais.

Mas o travesseiro dele tinha o cheiro dele, e isso era bom e reconfortante. Não sei explicar como era o cheiro porque seria muito difícil, mas seja lá que cheiro fosse, era muito bom.

Mas não tive muita oportunidade de ficar lá deitada aproveitando. Porque quase imediatamente depois que deitei na cama, caí no sono.

E fiquei dormindo por muito, muito tempo.

Quando finalmente acordei, já era quase meio-dia. Levei um minuto para perceber onde eu estava. Depois lembrei.

Estava no quarto de Rob, na casa dele.

E era procurada pelo FBI.

E não só pelo FBI, mas também pelo exército americano.

E eu não ficaria surpresa se o Serviço Secreto, o Departamento de Álcool, Tabaco e Armas de Fogo e a Polícia Rodoviária do Estado de Indiana também quisessem me pegar.

E o mais interessante era que, no momento em que acordei, eu soube exatamente o que fazer sobre isso.

Não é todo dia que uma garota acorda sabendo que é procurada pela agência federal mais poderosa do mundo. Pensei em ficar deitada e saborear a situação, mas estava meio preocupada com a impressão que isso ia causar na Sra. Wilkins, que podia, se tudo desse certo, ser minha sogra algum dia. Não queria que ela me achasse uma preguiçosa, então levantei, me vesti e desci.

Sean e Rob já estavam lá, sentados à mesa da cozinha. Em frente deles havia uma quantidade enorme de comida. Havia torradas, ovos, bacon, cereal e uma tigela de uma coisa branca que não consegui identificar. O prato em frente a Rob estava vazio — ele aparentemente já tinha acabado de comer. Mas Sean ainda estava comendo. Acho que ele nunca vai acabar de comer. Pelo menos não até sair da puberdade.

— Oi, Jess — cumprimentou quando entrei na cozinha.

Ele parecia bem mais animado do que nas últimas 24 horas que eu tinha passado com ele.

— Oi — respondi.

Uma mulher gordinha de pé ao lado do fogão se virou e sorriu para mim. Ela tinha o cabelo cheio e preso no alto da cabeça com uma boina, e não parecia em nada com Rob.

Até que um raio de sol entrando pela janela acima da pia iluminou o rosto dela e eu vi que ela tinha os olhos dele, de um azul tão claro que eram cor de neblina.

— Você deve ser a Jess — disse ela. — Puxe uma cadeira e sente-se. Como você gosta dos ovos?

— Hum — falei, desconfortável. — Mexidos está ótimo, obrigada, senhora.

— Os ovos são frescos — informou Sean quando sentei. — Do galinheiro lá atrás. Ajudei a pegá-los.

— Seu amigo Sean está virando um tremendo fazendeiro — disse a Sra. Wilkins. — Logo ele vai tirar leite da vaca.

Sean riu. Fiquei observando, espantada. Ele tinha mesmo *rido*.

Foi aí que me dei conta, chocada, que eu nunca o tinha visto feliz antes.

— Aqui está — disse a Sra. Wilkins, colocando um prato na minha frente. — Agora coma. Você parece precisar de um bom café da manhã do interior.

Eu nunca tinha comido ovos frescos antes, e fiquei meio preocupada de ter um feto de galinha dentro, mas não. Estavam deliciosos, e quando a Sra. Wilkins me ofereceu uma segunda rodada, aceitei feliz. Descobri que estava com muita fome. Até comi um pouco da coisa branca que a Sra. Wilkins colocou no meu prato. Tinha gosto do mingau de farinha que meu pai sempre nos fazia comer antes da escola nos dias muito frios quando éramos pequenos.

Mas não era mingau. Era, me informou Rob com um sorriso, canjica.

Se Ruth pudesse me ver agora, pensei.

Depois que ajudei a Sra. Wilkins com a louça do café, a diversão acabou. Era hora de agir.

— Preciso usar o telefone — anunciei, e a Sra. Wilkins apontou para o que estava pendurado na parede ao lado da geladeira.

— Pode usar aquele — disse ela.

— Não — recusei. — Pra essa ligação em particular, acho melhor eu usar um telefone público.

Rob me olhou desconfiado.

— O que você está tramando? — quis saber.

— Nada — respondi inocentemente. — Só preciso fazer uma ligação. Tem um telefone público por aqui?

A Sra. Wilkins pensou um pouco.

— Tem um no final dessa rua, perto do IGA — disse ela.

— Perfeito. — Virei para Rob e disse: — Pode me levar até lá?

Ele concordou, e nos levantamos para ir...

E Sean também.

— Não, não — pedi. — De jeito nenhum. Você fica aqui.

O queixo de Sean caiu.

— Como assim?

— Assim: provavelmente tem policiais espalhados por todo canto, procurando uma garota de 16 anos acompanhada de um garoto de 12. Vão nos pegar num segundo. Você fica aqui até eu voltar.

— Mas isso não é justo — declarou Sean, com a voz trêmula.

Senti uma onda de impaciência crescer dentro de mim. Mas, em vez de responder de uma vez, peguei Sean pelo braço e o levei para a varanda dos fundos.

— Olha só — comecei, baixinho, para que Rob e a mãe não ouvissem. — Você disse que queria que as coisas voltassem a ser como eram, não foi? Você e sua mãe, juntos, sem seu pai perseguindo vocês?

— Sim — admitiu Sean com tristeza.

— Então me deixe fazer o que tenho que fazer. É uma coisa que preciso fazer sozinha.

Sean estava certo sobre uma coisa: ele era pequeno para a idade, mas não era pequeno. Nem era tão mais baixo do que eu. E foi assim que ele conseguiu olhar bem dentro dos meus olhos e me acusar:

— Aquele cara é mesmo seu namorado, não é?

Por que *isso* agora?

— Não, Sean — respondi. — Já falei. Somos apenas amigos.

Sean se alegrou consideravelmente.

— Tudo bem — disse ele, e voltou para dentro.

Homens. Juro que não entendo.

Dez minutos depois, eu estava em frente de um mercado, com o fone de um aparelho público encostado ao ouvido. Disquei com cuidado.

Para o Disque-Desaparecidos.

Pedi para falar com Rosemary e, quando ela atendeu, falei:

— Oi, sou eu. Jess.

— Jess? — A voz de Rosemary virou um sussurro. — Ah, meu Deus. É você mesmo?

— Claro — respondi. — Por quê?

— Querida, ouvi um monte de coisas no noticiário sobre você.

— É mesmo?

Olhei para Rob. Ele estava enchendo o tanque da moto na bomba ao lado do mercado. Ainda não tínhamos assistido ao noticiário, e a Sra. Wilkins não recebia nenhum jornal em casa, então eu estava ansiosa para saber o que estavam dizendo sobre mim.

— Que tipo de coisas?

— Bem, disseram que na noite de ontem um grupo de Hell's Angels invadiu a Base Militar Crane e sequestrou você e o pequeno Sean O'Hanahan.

— O QUÊ? — gritei tão alto que Rob olhou para mim.

— Não foi isso que aconteceu, não mesmo. Aqueles caras nos ajudaram a fugir. Sean e eu estávamos presos.

Rosemary disse:

— Bem, não é o que o sujeito... Como é o nome dele? Johnson, acho. Não é o que o agente especial Johnson está dizendo. Há uma recompensa para quem entregar você em segurança, sabia?

Isso pareceu interessante.

— Quanto?

— Vinte mil dólares.

— Para cada?

— Não, só por você. O Sr. O'Hanahan está oferecendo 100 mil dólares para quem entregar Sean.

Quase desliguei de tão enojada que fiquei.

— Vinte mil dólares? A merreca de 20 mil dólares? É só isso que valho para eles? Que absurdo. Já chega. Agora é guerra.

Rosemary disse:

— Eu teria cuidado se fosse você, querida. Há avisos espalhados por todo o estado de Indiana. Estão procurando por você.

— Ah, aposto que estão. Escute, Rosemary, quero que você me faça um favor.

— Qualquer coisa, querida — disse Rosemary.

— Entregue um recado ao agente Johnson por mim...

E aí cuidadosamente ditei o recado que queria que Rosemary entregasse.

— O.k. — disse ela quando terminei. — Pode deixar, querida. E... Jess?

Eu estava quase desligando.

— O quê?

— Aguente firme, querida. Estamos todos com você.

Desliguei e contei a Rob a falsa história de sequestro do agente especial Johnson, assim como a merreca de recompensa que ofereceram pela minha captura. Rob ficou tão furioso quanto eu. Agora que ele sabia que havia um boletim de busca por mim e que os Hell's Angels estavam sendo culpados pelo que tinha acontecido em Crane, concordamos que não era uma boa ideia eu ser vista por aí na garupa da moto de Rob. Então voltamos correndo para a casa da mãe dele, mas antes eu fiz uma última ligação, de um telefone público do lado de fora de uma loja de conveniência na estrada.

Meu pai estava onde costuma estar na hora do almoço: no Joe's. Lá sempre fica cheio no almoço por causa do fórum.

— Pai — falei. — Sou eu.

Ele quase engasgou com o rigatoni, ou seja lá qual fosse o especial do dia. Meu pai sempre testa os sabores das comidas.

— Jess? — ele gritou. — Você está bem? Onde você está?

— Claro que estou bem — eu disse. — Pelo menos agora. Pai, preciso que você me faça um favor.

— De que você está falando? — meu pai perguntou. — *Onde você está?* Sua mãe e eu estamos preocupadíssimos. O pessoal de Crane está dizendo...

— É, eu sei. Que um bando de Hell's Angels sequestrou a mim e ao Sean. Mas isso é mentira, pai. Aqueles caras foram salvar a gente. Sabe o que eles estavam tentando fazer, os agentes especiais Johnson e Smith e o coronel Jenkins? Estavam tentando me transformar em um golfinho.

Meu pai pareceu se engasgar um pouco mais.

— Um *o quê?*

Rob me deu uma cutucada com força nas costas. Virei-me para ver o que ele queria, e fiquei horrorizada quando uma viatura da Polícia Estadual de Indiana entrou no estacionamento da loja de conveniência.

— Olha só, pai — disse, rapidamente abaixando a cabeça. — Preciso ir. Só preciso que você faça uma coisa pra mim.

E falei para ele que coisa era essa.

Meu pai não ficou muito a fim de fazer, para ser otimista.

— Você perdeu a cabeça? Escute aqui, Jessica...

Ninguém na minha família nunca me chama de Jessica, só quando estão muito irritados comigo.

— Apenas faça isso pra mim, por favor, pai — implorei. — É muito importante. Explico tudo depois. Agora, preciso ir.

— Jessica, não...

Desliguei.

Rob tinha se afastado de mim, levando a moto para longe da adolescente no telefone, caso os policiais fizessem alguma conexão. Mas isso não parecia ter acontecido. Um deles até me cumprimentou quando entrou na loja.

— Bom-dia — falou.

Assim que eles entraram, Rob e eu fomos correndo para a moto. Já estávamos na estrada quando os policiais se deram conta do que tinham deixado passar e correram para fora da loja. Olhei para trás e vi suas bocas se mexendo enquanto nos afastávamos. Alguns segundos depois, eles estavam no carro, as sirenes tocando.

Segurei com mais força em Rob.

— Temos companhia — avisei.

— Não por muito tempo — disse Rob.

E de repente saímos da estrada, com arbustos e galhos espetando nossas roupas enquanto descíamos uma ravina. Segundos depois, cruzamos um riacho, a roda da frente da moto abrindo caminho pela água. Acima de nós, eu podia ver a viatura nos seguindo da melhor maneira que conseguia...

Mas então o riacho fez uma curva, se afastando da estrada, e logo a viatura sumiu de vista. Em pouco tempo eu nem conseguia mais ouvir a sirene.

Quando Rob finalmente saiu do riacho e subiu a ravina, eu estava completamente molhada da cintura para baixo e o motor da moto estava fazendo um barulho esquisito.

Mas estávamos em segurança.

— Você está bem? — perguntou Rob enquanto eu torcia a parte de baixo da camiseta.

— Ótima — respondi — Olha só, me desculpa

Ele estava agachado ao lado da roda dianteira da moto, puxando gravetos e pedaços de plantas que tinham ficado presos nela durante nossa descida pela ravina.

— Desculpar por quê?

— Por envolver você nisso. Sei que você está em liberdade condicional e tudo o mais. A última coisa de que você precisa é acolher um par de fugitivos. E se você for pego? Provavelmente vão prender você e jogar fora a chave. Isso é, dependendo do que você fez pra estar em condicional, claro.

Rob tinha ido até a roda traseira. Ele olhou para mim com os olhos apertados, o sol da tarde iluminou seus traços fortes.

— Acabou?

— Acabou o quê?

— De tentar me fazer contar pra você por que estou em condicional.

Coloquei as mãos na cintura.

— Não estou tentando fazer você me contar nada. Só estou tentando dizer que estou ciente do grande sacrifício pessoal que é para você ajudar a Sean e a mim, e que agradeço.

— Agradece, é?

Ele ficou de pé. Um dos gravetos que Rob tinha tirado da roda tinha respingado gotas de água no seu rosto, então ele tirou a camiseta de dentro da calça jeans e limpou o rosto com ela. Quando fez isso, pude dar uma espiada na barriga dele. Aquela visão, toda cheia de músculos, com uma fina linha de pelos escuros no meio, mexeu comigo.

Não sei o que me deu, mas de repente fiquei na ponta dos pés e lhe dei um beijo bem molhado. Nunca tinha feito uma coisa assim antes, mas não consegui evitar.

Rob pareceu um pouco surpreso a princípio, mas superou isso rapidamente. Ele correspondeu meu beijo por um tempo, e foi exatamente como em *Branca de Neve*, quando todos os animais da floresta aparecem e começam a cantar, e o Príncipe Encantado a coloca sobre o cavalo. Por um minuto, mais ou menos, foi assim. Quero dizer, meu coração estava cantando assim como um daqueles malditos esquilos.

E então Rob esticou os braços e começou a se afastar dos meus.

— Meu Deus, Mastriani — disse ele. — O que você está tentando fazer?

Isso acabou com o encanto rapidamente, tenho que dizer. O Príncipe Encantado jamais diria uma coisa assim. Eu ficaria furiosa se não tivesse percebido o jeito como a voz dele tremeu.

— Nada — falei, inocentemente.

— Bem, é melhor você parar — disse ele. — Temos muita coisa pra fazer. Não temos tempo para distrações.

Mencionei que por acaso eu gostava daquela distração em particular.

— Já tenho problemas o bastante sem você se tornar mais um deles, obrigado — disse ele. Ele pegou um dos capacetes e enfiou na minha cabeça. — E nem pense em tentar algo desse tipo na frente do garoto.

— Que garoto? Do que você está falando?

— O garoto. O'Hanahan. Você é cega, Mastriani? Ele está doido por você.

Levantei o capacete e olhei bem para ele.

— *Sean*? Por *mim*?

Mas, de repente, todas as perguntas que ele fez sobre Rob fizeram sentido.

Deixei o capacete cair sobre minha cabeça de novo.

— Ah, meu Deus — eu disse.

— É isso mesmo. Ele acha você o máximo, Mastriani.

— Sean disse isso? Ele certamente não age como se pensasse isso. Ele disse mesmo que eu era o máximo?

— Bem. — Rob se sentou na moto e experimentou o acelerador. — Eu posso estar deixando meus próprios sentimentos afetarem um pouco o assunto.

De repente, todos os pássaros e esquilos estavam cantando de novo.

— Você me acha o máximo? — perguntei de maneira sonhadora.

Ele esticou o braço e baixou o visor do meu capacete. Isso fez um barulho oco que ecoou dentro da minha cabeça e me tirou do meu sonho.

— Suba na moto, Mastriani — disse ele.

Quando voltamos para a casa de Rob, Sean e a Sra. Wilkins estavam descascando ervilhas e assistindo a Ricki Lake.

— Jess — chamou Sean quando eu entrei. — Por onde você andou? Você perdeu esse cara. Ele pesava 180 quilos e ficou preso em uma banheira por mais de 48 horas! Se você tivesse chegado antes, poderia ter visto.

Era amor. Estava na cara.

Isso ia ser mais difícil do que eu pensava.

Capítulo 21

A banda estava tocando "Louie, Louie".

E não muito bem, tenho que acrescentar.

Ainda assim, Sean e eu ficamos onde estávamos, sentados na mesma arquibancada de metal sob a qual eu tinha sido eletrocutada pouco mais de uma semana antes. Na nossa frente, se estendia o campo de futebol americano, um mar de verde brilhante, sobre o qual marchava um grupo de músicos tocando o melhor possível, apesar de ser só um ensaio depois da aula e não o verdadeiro espetáculo. A temporada de futebol americano tinha acabado fazia tempo, mas a formatura estava chegando, e a banda tocaria na cerimônia.

Mas eu esperava que eles não fossem tocar "Louie, Louie".

— Não estou entendendo — disse Sean. — O que estamos fazendo aqui?

— Espere — respondi. — Você vai ver.

Não éramos os únicos espectadores na arquibancada. Tinha um outro cara, bem no alto, muito atrás de nós.

Mas era só. Eu não tinha certeza se Rosemary não tinha conseguido entregar meu recado ao agente especial Johnson ou se ele apenas decidira ignorá-lo. Se ele o estava ignorando, estava cometendo um erro grave. O cara nas arquibancadas faria de tudo para que Johnson soubesse disso.

— Por que você não me diz o que estamos fazendo aqui? — perguntou Sean. — Acho que tenho o direito de saber.

— Beba seu suco — mandei.

Estava quente lá. O sol do final da tarde estava batendo com força em nós. Eu não estava nem de óculos de sol nem de chapéu, e estava morrendo de calor. Fiquei com medo de Sean estar desidratando.

— Não quero essa porcaria de suco — insistiu Sean. — Quero saber o que estamos fazendo aqui.

— Assista à banda — desconversei.

— A banda é uma droga.

Sean olhou para mim com raiva. A maior parte da tinta castanha saíra do cabelo dele quando ele tomou banho na casa de Rob. Foi bom ele ter deixado a Sra. Wilkins dar um corte no cabelo dele, senão as pontas avermelhadas saindo da parte de trás do boné o entregariam na hora.

— O que estamos fazendo aqui? — quis saber. — E por que Jed está esperando por nós ali?

Jed era o nome do amigo de Rob do Chick's, o que tinha ido ao Vietnã. Ele estava sentado em uma picape não longe de nós, estacionada atrás das arquibancadas... Quase exatamente no lugar onde eu tinha sido atingida pelo relâmpago. Havia sombra onde ele estava. Ele provavelmente não estava sentindo o suor pinicando a testa como eu sentia.

— Sossega, tá bom? — falei para Sean.

— Não, não vou sossegar, Jess. Acho que mereço uma explicação. Você vai me dar uma ou não?

O sol refletiu em alguma coisa e vi um brilho. Protegi meus olhos e olhei em direção ao estacionamento. Um sedã preto tinha entrado lá.

"Louie, Louie" terminou. A banda começou uma versão animada de "Simply Irresistible", de Robert Palmer.

— Por que você não está na banda? — quis saber ele. — Você toca flauta e tudo o mais. Como é que você não está na banda?

O carro parou. As portas da frente se abriram, e um homem e uma mulher saíram. Depois uma das portas de trás se abriu, e outra mulher desceu também.

— Estou na orquestra — respondi.

— Qual é a diferença?

— Na orquestra, a gente toca sentado.

— Só isso?

O homem e a mulher dos bancos da frente andaram até ficarem de cada lado da mulher que tinha saído do banco de trás. Depois começaram a atravessar o campo de futebol americano, em direção a Sean e a mim.

— A orquestra não toca em eventos escolares — expliquei. — Como jogos e coisas assim.

Sean pensou sobre isso.

— Onde vocês tocam então?

— Em lugar nenhum. Só damos concertos de vez em quando.

— Qual é a graça disso?

— Não sei — falei. — Mas eu não poderia estar na banda. Estou sempre na detenção quando eles ensaiam.

— Por que você está sempre na detenção?

— Porque faço muita coisa errada.

O trio caminhando pelo campo de futebol americano tinha chegado perto o bastante para eu ver que eram quem eu esperava. Rosemary tinha passado meu recado, sim.

— Que tipo de coisa errada? — insistiu saber Sean.

— Bato em pessoas. — Enfiei a mão no bolso de trás do meu jeans.

— E daí? — Sean parecia indignado. — Elas provavelmente mereceram.

— Gosto de pensar que sim — concordei. — Olha só, Sean. Quero que aceite isso. É para você e sua mãe. Jed vai levar vocês até o aeroporto. Quero que vocês entrem em um avião, qualquer um, e se mandem. Não façam nenhuma ligação. Não parem por nada. Vocês podem comprar o que for preciso quando chegarem ao seu destino. Entendeu?

Sean olhou para o envelope que eu estava entregando para ele. Depois olhou para mim.

— De que você está falando?

— Sua mãe — eu disse. — Vocês dois vão ter que recomeçar em outro lugar. Em algum lugar longe, espero, onde seu pai não conseguirá encontrar você. Isso vai ajudar vocês a começar.

Enfiei o envelope no bolso da frente da jaqueta jeans dele.

Sean balançou a cabeça. Seu rosto estava contorcido por emoções. Emoções conflitantes, pelo que parecia.

— Jess. Minha mãe está na cadeia. Lembra?

— Não está mais — falei, apontando para frente.

As três pessoas se aproximando de nós estavam perto o bastante para vermos suas feições. O agente especial Johnson, a agente especial Smith e, entre eles, uma mulher magra de jeans. A mãe de Sean.

Ele olhou. Ouvi-o inspirar fundo.

Depois ele se virou para me olhar com olhos arregalados. As emoções conflitantes no rosto dele não eram tão difíceis de decifrar agora. Alegria, misturada com preocupação.

— O que você fez? — sussurrou. — Jess. O que você fez?

— Fiz um acordo — expliquei. — Não se preocupe com isso. Apenas vá se encontrar com ela e depois entre na picape com Jed. Ele vai levar vocês ao aeroporto.

Enquanto eu estava lá olhando para ele, seus olhos azuis se encheram de lágrimas.

— Você fez mesmo. Você disse que faria. E fez mesmo — disse ele.

— É claro — falei, como se estivesse chocada por ele ter pensado que não.

E aí a mãe dele o viu e se afastou dos acompanhantes. Ela gritou o nome de Sean enquanto corria em direção a ele.

Sean deu um salto e começou a descer a arquibancada. Fiquei onde eu estava. Sean deixou o suco para trás. Peguei-o e tomei um gole. Por algum motivo, minha garganta estava doendo muito.

Eles se encontraram no final da arquibancada. Sean se jogou nos braços da Sra. O'Hanahan. Ela o rodopiou. Os agentes especiais Johnson e Smith pararam onde estavam e olharam para mim. Acenei, mas eles não acenaram de volta.

Então Sean disse alguma coisa para a mãe, e ela assentiu. Logo em seguida, ele estava correndo de volta em minha direção.

Isso não fazia parte do plano. Fiquei de pé, alarmada.

— Jess — gritou Sean, ofegante, enquanto corria para perto de mim.

— O que você está fazendo aqui? — perguntei, mais rude do que deveria. — Volte pra ela. Falei pra você levá-la pra picape. Ande logo, você não tem muito tempo...

— Eu só... — Ele estava ofegando tanto que tinha que se esforçar para conseguir falar qualquer coisa. — Queria... dizer... obrigado.

E aí ele jogou os braços em torno do meu pescoço.

A princípio, eu não soube o que fazer. Fiquei muito surpresa. Olhei para o campo de futebol americano. Os agentes ainda estavam lá de pé, olhando para mim. A banda começou uma nova música: "A Hard Day's Night", dos Beatles.

Correspondi ao abraço de Sean. Minha garganta doeu ainda mais e meus olhos arderam.

Alergia, pensei.

— Quando vou ver você de novo? — perguntou Sean.

— Não vai — afirmei. — A não ser que as coisas mudem. Você sabe, com seu pai. Não ouse me ligar enquanto isso não acontecer. Provavelmente vão grampear meu telefone pra sempre.

— E quando... — Ele se afastou de mim e me olhou. Os olhos dele estavam tão cheios d' água quanto os meus. — E quando eu tiver 30 anos? Você terá 33. Não seria muito estranho, seria, um cara de 30 saindo com uma mulher de 33?

— Não — respondi, dando um tapinha na aba do boné. — Só que, quando você tiver 30, eu vou ter 34. Você só tem 12 anos, lembra?

— Só por mais nove meses.

Dei um beijo na sua bochecha molhada.

— Saia daqui — mandei.

Ele conseguiu dar um sorriso trêmulo. Depois se virou e saiu correndo de novo. Dessa vez, quando chegou ao lado da mãe, ele pegou a mão dela e começou a arrastá-la para a lateral da arquibancada, para onde Jed os esperava.

Só depois que ouvi o motor ser ligado e o carro se afastar comecei a descer a arquibancada, mas limpei meus olhos primeiro.

O agente especial Johnson parecia estar com calor de terno e gravata. A agente especial Smith parecia um pouco mais fresquinha, de saia e blusa de seda, mas não muito.

De pé, juntos daquele jeito, de óculos de sol e roupas bacanas, eles eram um casal bonitinho.

— Oi — cumprimentei enquanto ia em direção a eles. — Vocês têm uma coisa estilo *Arquivo X* rolando aqui?

A agente especial Smith olhou para mim. Ela estava com os brincos de pérola naquele dia.

— Como? — disse ela.

— Vocês sabem. Um daqueles lances estilo Scully/Mulder. Vocês sentem uma paixão ardente pelo outro que precisa ser evitada?

O agente especial Johnson olhou para a agente especial Smith.

— Sou casado, Jessica — respondeu.

— Sim — disse a agente especial Smith. — E eu tenho uma pessoa especial.

— Ah. — Fiquei estranhamente decepcionada. — Que pena.

— E então? — O agente especial Johnson olhou para mim com expectativa. — Você trouxe a lista?

Assenti.

— Trouxe sim. Vocês me dão sua palavra de que ninguém vai tentar interceptar Sean e a mãe no aeroporto?

A agente especial Smith pareceu ofendida.

— É claro.

— Nem quando chegarem ao destino deles?

O agente especial Johnson disse com impaciência.

— Jessica, ninguém liga para aquele garoto e a mãe dele. É a lista que queremos.

Lancei-lhe um olhar ofendido.

— *Eu* ligo pra eles — reclamei. — E tenho certeza de que o Sr. O'Hanahan não vai ficar feliz quando descobrir.

— O Sr. O'Hanahan — disse a agente especial Smith — é um problema nosso, não seu. A lista, por favor, Jessica.

— E ninguém vai fazer nenhuma denúncia? — perguntei, só para ter certeza. — Sobre os acontecimentos em Crane? Contra mim ou contra outras pessoas?

— Não — disse o agente Johnson.

— Até mesmo em relação ao helicóptero?

— Até mesmo — disse o agente Johnson, e pude ver que os dentes dele estavam cerrados — em relação ao helicóptero.

— A lista, Jessica — insistiu a agente especial Smith. E dessa vez ela esticou a mão.

Suspirei e enfiei a mão no bolso de trás. A banda começou uma versão particularmente brega de "We're the Kids in America".

— Aqui está — falei, e enfiei uma folha amassada de papel na mão da agente.

A agente especial Smith desdobrou o papel e o leu. Quando terminou, olhou para mim com reprovação.

— Só tem quatro endereços aqui — disse ela, passando o papel para o parceiro.

Empinei o queixo.

— O que você acha? — perguntei. — Não sou uma máquina. Sou só uma garota. Virão mais de onde esses vieram, não se preocupe.

O agente especial Johnson dobrou a folha de papel e a guardou no bolso.

— Tudo bem — ele disse. — E agora?

— Vocês dois voltam para o carro e vão embora — expliquei.

— E você? — perguntou a agente especial Smith.

— Eu manterei contato — respondi.

A agente especial Smith mordeu o lábio inferior. Depois ela disse, como se não conseguisse segurar:

— Sabe, não precisava ser assim, Jess.

Olhei para ela. Eu não conseguia ler seus olhos por trás dos óculos escuros.

— Não precisava — repeti. — Precisava?

Ela e o agente especial Johnson trocaram olhares. Depois eles se viraram e começaram a longa caminhada até o carro.

— Sabem de uma coisa? — gritei para eles. — Sem querer ofender a Sra. Johnson e tal, mas vocês dois realmente formam um casal bonito.

Eles apenas continuaram andando.

— Isso foi um pouco demais, você não acha? — disse Rob ao sair de debaixo da arquibancada, onde tinha ficado o tempo todo.

— Só estou provocando — brinquei.

Rob tirou a poeira da calça jeans.

— É — disse ele. — Percebi. Você faz isso com frequência. Você vai me contar o que tinha naquele envelope?

— O que dei a Sean?

— O que você deu a Sean depois que eu o peguei com seu pai. Que, aliás, me odeia.

Percebi que tinha um pouco de poeira na camiseta dele também. Isso me deu uma boa desculpa para tocar no seu peito para limpar.

— Meu pai não pode odiar você — eu disse. — Ele nem conhece você.

— Ele parecia me odiar.

— Só por causa do que tinha no envelope.

— O que era?

— Os 10 mil que ganhei de recompensa por encontrar Olivia Maria D'Amato.

Rob deu um assovio baixo e longo.

— Você deu 10 mil para aquele garoto? Em *dinheiro*?

— Bem, para ele e para mãe. Eles precisam de alguma coisa pra se sustentar até ela encontrar um novo emprego e tudo.

Rob balançou a cabeça.

— Você é uma figura, Mastriani — ele disse. — Tudo bem. Então era isso que tinha no envelope. O que tinha naquela folha de papel que você deu pros federais?

— Ah — comecei. — Só os endereços de alguns dos mais procurados dos Estados Unidos. Eu disse que os entregaria em troca de as acusações contra a Sra. O'Hanahan serem retiradas.

— É mesmo? — Rob pareceu surpreso. — Achei que você não queria se envolver nisso.

— Não quero. Foi por isso que só dei a eles os endereços dos caras daquele álbum deles que, por acaso, já faleceram.

Um sorriso lento se espalhou pelo rosto de Rob.

— Espere um minuto. Você...

— Não menti nem nada. Eles realmente vão encontrar aqueles caras onde eu falei que estariam. Bem, ao menos o que sobrou deles. — Enruguei o nariz. — Tenho a sensação de que isso não vai ser legal.

Rob balançou a cabeça de novo. Depois ele esticou o braço e o passou ao redor dos meus ombros.

— Jess — disse ele —, tenho orgulho de ter sentado ao seu lado na detenção. Sabia disso?

Dei um sorriso brilhante para ele.

— Obrigada — falei.

Depois olhei para a figura solitária ainda sentada na arquibancada, bem acima das nossas cabeças.

— Venha — chamei, pegando a mão de Rob. — Ainda tem uma coisa que preciso fazer.

Rob olhou para o cara na arquibancada.

— Quem é aquele? — perguntou ele.

— Quem, ele? Ah, aquele é o cara que vai me libertar.

Capítulo 22

Eu provavelmente não preciso contar o resto. Quero dizer, tenho certeza de que vocês já devem ter lido sobre isso, visto no noticiário ou algo assim.

Mas só para garantir, aqui vai:

A história foi publicada no dia seguinte. Saiu na primeira página do *Indianapolis Star*. Rob e eu tivemos que comprar um exemplar no Denny's no fim da estrada perto da casa da mãe dele. Depois pedimos um café da manhã *Grand Slam* e comemos enquanto lemos.

Garota Relâmpago alega ter perdido o dom, dizia a manchete. Depois havia um artigo todo sobre mim e sobre como eu tragicamente perdera meu poder de encontrar pessoas.

Exatamente como eu contei para o repórter naquele dia na arquibancada. Ele ficou tão empolgado com o furo que acreditou em cada palavra, e quase nem fez pergunta alguma.

Eu falei apenas que acordei e a coisa tinha acabado. Sou uma garota normal de novo.

Fim da história.

Bem, não foi exatamente o fim, é claro. Porque o repórter me fez muitas perguntas sobre o que tinha acontecido em Crane. Eu garanti que a coisa toda tinha sido um mal-entendido, que os tais Hell's Angels eram na verdade meus amigos e que, depois que meus poderes especiais desapareceram, fiquei com saudade de casa, então liguei para eles e eles foram me buscar. Eu não tinha ideia de por que aquele helicóptero tinha explodido. Mas pelo menos não tinha ninguém dentro dele no momento, não era?

E o garoto O'Hanahan?, perguntou o repórter. O que tinha acontecido com ele?

Eu disse que não tinha ideia. Ouvira falar, assim como o repórter, sobre a mãe de Sean ter sido solta da cadeia por engano. Sim, eu podia imaginar que o Sr. O'Hanahan tinha ficado muito furioso com isso.

Mas estivessem onde estivessem, falei para o repórter, eu desejava o melhor para Sean e sua mãe.

O repórter não pareceu acreditar nisso, mas ficou tão empolgado com o furo de reportagem que nem ligou. A única condição que dei foi de não mencionar os nomes de Rob e da mãe dele.

O repórter não me desapontou. Ele escreveu o artigo exatamente como eu queria, e até botou algumas citações do pessoal de Crane, para quem ele ligou depois de me entrevistar. Ele declarou que a Dra. Shifton ficou aliviada em saber que estou bem. Não era incomum, ela disse, que meu poder misterioso sumisse tão repentinamente quanto tinha aparecido. Costumava ser assim com vítimas de raios.

O coronel Jenkins não foi citado em parte alguma do artigo, mas o agente especial Johnson sim, e ele disse algumas coisas legais sobre mim e sobre como eu tinha usado meu dom especial para ajudar pessoas, o que era admirável, e que ele esperava que, se meus poderes voltassem, eu ligasse para ele.

Até parece.

Por fim, o repórter entrevistou meus pais, que pareciam perplexos, mas felizes em saber que eu estava bem. "Mal podemos esperar para ter nossa garotinha de volta em casa e para que tudo volte ao normal", dissera minha mãe.

Vocês ficariam surpresos com a velocidade com que tudo voltou ao normal. O *Star* publicou a história e, na mesma noite, todos os telejornais mencionaram alguma coisa sobre a "garota relâmpago" e como a menina tinha perdido o dom especial de encontrar crianças desaparecidas.

No dia seguinte, o assunto passou para a seção "Cotidiano" da maioria dos jornais na forma de reflexões de colunistas sobre os poderes ocultos do cérebro e como todos nós temos o potencial de sermos uma "garota relâmpago" se apenas prestarmos atenção ao que o nosso subconsciente tenta nos dizer.

Ah, certo.

No dia seguinte a esse, os repórteres em frente à minha casa fizeram as malas e partiram. Estava seguro. Eu podia voltar para casa.

E voltei.

Bem, essa foi a minha "declaração". Estou muito cansada de escrever. Espero que essa "declaração" seja longa o bastante. Mas, se não for, não ligo. Estou com fome e quero jantar. Mamãe prometeu fazer *manicotti*, que é a comida favorita de Douglas e a minha também. E também tenho que ensaiar. Segunda, depois da aula, tenho que defender minha cadeira na orquestra contra Karen Sue Hanky.

Meu único arrependimento sobre tudo isso é que só tenho algumas semanas de aula até as férias, e como a detenção é o único lugar em que posso ver Rob, isso é um problema. Apesar de tudo, ainda não consegui convencê-lo de que sair comigo não seria um crime.

Mas não desisti. Posso ser muito persuasiva quando quero.

Agora que reli essa declaração, não tenho mais tanta certeza de que tudo isso é culpa de Ruth. O fato de eu ser atingida por um raio sim, talvez. Por outro lado, Ruth jamais iria pensar em ir andando para casa naquele dia se Jeff não tivesse dito para ela que era tão gorda quanto Elvis. Então talvez seja tudo culpa de Jeff...

É, acho que sim. Quero dizer, acho que é tudo culpa de Jeff Day.

Assinado:

Jessica Antonia Mastriani

MEMORANDO INTERNO AVISO:
MATERIAL ALTAMENTE CONFIDENCIAL
SOMENTE PESSOAL COM AUTORIZAÇÃO DE NÍVEL
ALFA PODE VER ESTE DOCUMENTO.

Para: Cyrus Krantz
Divisão de Operações Especiais
De: Agente Especial Allan Johnson
Sobre: Assunto Especial Jessica Mastriani

O que você acabou de ler é uma declaração pessoal assinada pela Suspeita Especial Jessica Mastriani. De acordo com a Srta. Mastriani, seus poderes psíquicos pararam de funcionar por volta do dia 27 de abril — coincidentemente, a manhã seguinte a sua fuga de Crane. No entanto, a opinião deste agente é que a Srta. Mastriani mantém possessão total dos poderes extraordinários, como ilustrado a seguir.

Nas seis semanas seguintes ao retorno da Srta. Mastriani à vida particular, o Disque-Desaparecidos recebeu aproximadamente uma dica anônima por semana que levou à recuperação bem-sucedida de uma criança desaparecida. Todas essas ligações foram recebidas pela Sra. Rosemary Atkinson, uma atendente com quem a Srta.

Mastriani parece ter desenvolvido uma ligação durante seu contato inicial com a ONCD. A Sra. Atkinson nega que o anônimo seja a Srta. Mastriani. Entretanto, todas as ligações foram feitas de telefones públicos dentro do estado de Indiana.

Além disso, no dia seguinte ao término da declaração em anexo, a Srta. Mastriani recebeu um cartão-postal com a foto de vários golfinhos. O selo indicava que o cartão havia sido enviado de Los Angeles. Quando a mãe dela perguntou quem era o remetente anônimo, a Srta. Mastriani respondeu, segundo nosso agente que estava na escuta: "É de Sean. Ele só quer que eu saiba onde eles estão. O que é uma burrice, já que sempre sei onde ele está."

Este agente acredita que a Srta. Mastriani continua tendo a mesma habilidade psíquica. Por isso estou requerendo autorização para continuar a monitorar a Srta. Mastriani, incluindo uma escuta no telefone fixo assim como nos telefones dos restaurantes do seu pai. Se pudermos provar que a suspeita não foi sincera na declaração enviada, este agente sugere que seja utilizada a relação dela com o irmão mentalmente perturbado como forma de persuasão para convocar sua ajuda em nosso favor.

Aguardo ansiosamente sua resposta positiva a este pedido.